Der **Malt Whisky** *Almanach*

Wallace Milroy

Bearbeitung der deutschen Ausgabe von Dr. Jürgen Setter
Verlag Friesland - 26419 Schortens

Originaltitel: The Malt Whisky Almanach by Wallace Milroy

Lochar Publishing 1986, 1987, 1989, 1991
Neil Wilson Publishing 1992, 1995

Verlag Friesland — Doris Setter —
D — 26419 Schortens, Körtlandweg 15
für die deutschsprachigen Ausgaben
4. Auflage 1991; 1. Nachdruck 1992
5. Auflage 1993
6. Auflage 1995

Typeset in 8/10pt Perpetua by The Write Stuff, Glasgow
Tel: 0044-141-339-8279
E-mail: *wilson_i@cqm.co.uk*

Printed by Oriental Press
ISBN 3-9800773-5-7

Inhalt

Danksagung und wichtige Anschriften

Auch diese Mal möchte ich mich bei all denen in der schottischen (und irischen) Whisk(e)y Industrie bedanken, die mich beim Schreiben dieses Buches unterstützt haben Ohne ihre Hilfe wäre diese Veröffentlichung nicht möglich gewesen. — WM

WICHTIGE ANSCHRIFTEN

The Scotch Whisky Association
17 Half Moon Street
LONDON W1
Tel: 0044-171-629-4384

Dauerausstellung zum Betrieb einer Brennerei mit Modellen und audeo-visuellen Erläuterungen. Eintritt frei.

The Scotch Whisky Heritage Centre
354 Castlehill
The Royal Mile
EDINBURGH EH1 2NE
Tel: 0044-131-220-0441
Fax: 0044-131-220-6288

Eintritt für Erwachsene: £3.80. Audeo-visuell begleitete Führung, Laden. Ganzjährig täglich geöffnet.

Vorwort

Es ist stets angenehm, einer wirklich verdienstvollen Veröffentlichung Anerkennung zu zollen, so wie bei Wallace Milroy's *Malt Whisky Almanach*. The Keepers of The Quaich sind erfreut über das Erscheinen dieser neuen Ausgabe, die die Diskussion und das Erproben anregen wird, um zu einem der größten Genüsse des Lebens zu führen - dem Verkosten und das Erproben schottischer Malt Whiskies. Die Gemeinschaft derer, die Schottland und schottischen Whiskies genießen, nimmt weiterhin zu und zweifellos wird dieser Almanach diese Entwicklung fördern.

The Earl of Mansfield, D.L., J.P.

Einleitung

Zum Zeitpunkt der Niederschrift dieser Einleitung hat der Export von schottischem Whisky den Rekordumsatz von £2.191Mill. erreicht. Diese außergewöhnliche Steigerung von ca. 5% gegenüber dem Vorjahr konnte trotz eines Einbruches von ca. 2% des Umsatzvolumens auf 252,21 Mill. Litern reinen Alkohols erreicht werden. Diese Summe entspricht ungefähr 900 Mill. Flaschen und stellt 87% des Gesamtmarktes für Scotch dar. Die Umsätze in Großbritannien stagnieren ebenso wie die in den USA und Japan. Wer also hat die Steigerung bewirkt und den Brennern geholfen, diese erstaunlichen Umsatzzahlen zu erreichen? Die Steigerung wurde verursacht von den Whiskyliebhabern in Spanien, Griechenland, Italien und Portugal, wo unser Nationalgetränk angenommen wird wie nie zuvor. Warum? Die schlichte Antwort heißt Steuer. Dank der günstigen Besteuerung von Scotch in den südlichen Mitgliedsstaaten der EU hat sich Spanien mit Importen im Werte von £205 Mill. auf den zweiten Platz hinter dem Marktführer Frankreich katapultiert. Griechenland steigerte sich um 11% auf £92 Mill. und die Portugiesen importierten für ca. £55 Mill. Scotch, also ein Plus von ca. 17%. Italien, wo Malt ein Luxusartikel ist, erzielte mit £72 Mill. ein Plus von 22%. Großbritannien nicht eingerechnet, so gehen 37% des Exportes an Scotch in die Länder der EU. Dadurch, daß die Umsätze in den USA bei £283 Mill. stagnieren, war der Anstieg in der Popularität von Malt in den Mittelmeerländern von großer Bedeutung.

Die Whiskyindustrie erhält in Großbritannien leider keine faire Enfaltungsmöglichkeit, denn die überzogene Besteuerung behindert die Umsätze sehr. Die letzte Steueranhebung von 26 Penny pro Flasche hat das Problem weiter angeheizt. Seit Jahresbeginn sind die Umsätze von Scotch in Großbritannien um 26% zurückgegangen und beim Anhalten dieser Entwicklung wird dies dem Fiskus in diesem Jahr Mindereinnahmen von £100 Mill. bringen. Eine weitere Entwicklung ist die Hinwende zum Scotch besserer Qualität zu Lasten der Umsatzmenge. Der Bereich Malt hat die Marktforscher erneut durch eine Umsatzsteigerung von 20% verblüfft und die Allgemeinheit freut sich nun an einer stetig steigenden Anzahl von Abfüllungen, einige sogar von Brennern, die in der Vergangenheit nicht gewillt waren, ihre Angebotspalette zu erweitern.

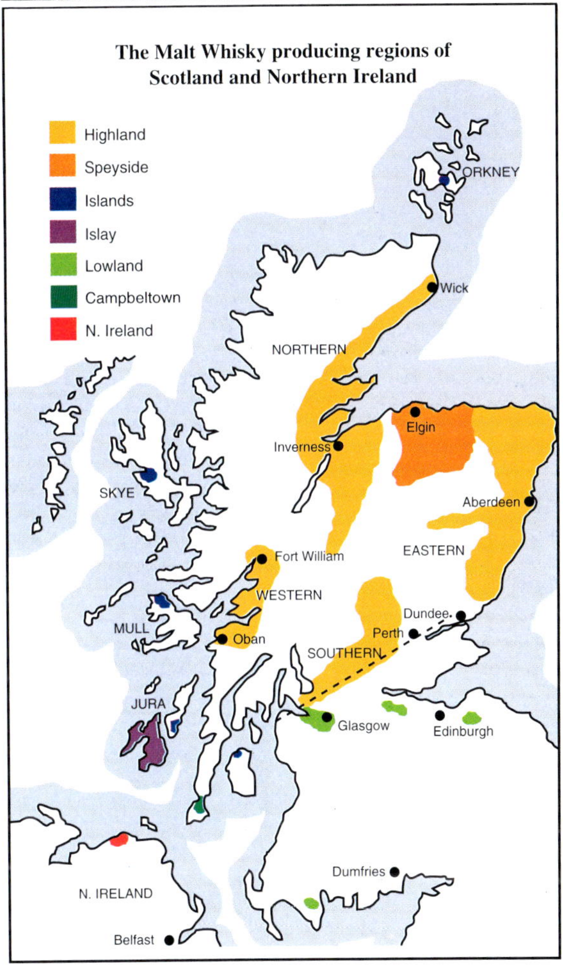

The Scotch Whisky Association wird weiterhin in Brüssel auf eine Angleichung der Steuern durch die Europäische Gemeinschaft dringen, um unserem Nationalgetränk überall die benötigte Chancengleichheit zu ermöglichen. Doch ich befürchte, daß die Briten noch lange Zeit bei der Rückkehr aus den Ferien unter der Sonne nicht werden begreifen können, daß ihre Flasche Scotch daheim mehr kostet als im Ausland. Die Situation wird solange andauern, wie die Regierung weiterhin

Importwein und -bier niedriger besteuert als die einheimischen Getränke.

Doch dieses Buch dient der Freude am Genuß eines guten Malt Whisky, auch wenn er zum Luxusartikel wurde. Eine neue Ausgabe erlaubt eine vollständige Überarbeitung, Aktualisierung und Ergänzung; und mit weiteren 16 Seiten in Farbe ist dieses Buch mit seinem immer noch handlichen Format besser als je zuvor. Zusätzlich gebe ich weitere Informationen zu den Brennereien wie Namen des Managers zur Zeit der Drucklegung des Buches, Anzahl der Brennblasen (guter Hinweis auf die Größe jeder Brennerei), die für die Reifung verwendete Holzsorte (wenn zugänglich), Tel & Fax-Anschluß, behindertengerechte Zuweg zu den Besucherzentren, audio-visuelle Führung, Laden und Probierstuben.

Nicht mehr existierende Brennereien oder solche, die vermutlich nicht mehr in Betrieb gehen werden, wurden aus dem Hauptteil herausgenommen und zu einem eigenen Abschnitt zusammengefaßt: *Verschwundene Brennereien* (s.S. 133). Diese Malts sind nur noch schwierig zu bekommen und daher wende man sich an Spezialgeschäfte oder an die Unabhängigen Abfüller.(s.S. 153-155). Es ist bedauerlich,daß - die Zahl der Brennereien in diesem Abschnitt bereits auf 20 zueilt. Angesichts dieser Negativentwicklung ist die Errichtung einiger neuer Brennereien in den letzten Jahren erfreulich. Neu erbaut wurden Kininvie, Speyside und die Arran Brennerei, die zur Zeit der Drucklegung dieses Buches eröffnet werden wird.

Durch die zahlreichen Abfüllungen von Jahrgängen und in Faßstärke ist am Markt die Vielfalt der Etiketten größer als je zuvor geworden; in einigen Fällen haben wir einige der selteneren Etiketten abgebildet. Eine Neuerung ist ebenfalls, daß ich unseren Freunden in Nordirland ein eigenes Kapitel gegeben habe, um dem Leser einen besseren Einblick in die dortige Entwicklung der Whiskyindustrie und des einzigartigen Produktes zu geben. Früher war Ulster weitmehr in die Whiskyherstellung eingebunden und ich habe bewußt diesen Abschnitt hinzugefügt. Der Hintergedanke ist dabei, daß der Leser jede Gelegenheit nutzen sollte, einen jeden erreichbaren Malt zu verkosten. Ist erst eine Brennerei geschlossen, so ist meist wieder ein Malt für immer verschwunden.Findet sich doch noch eine Flasche aus einer solchen Brennerei, so ist dies die ideale Gelegenheit, ein Stückchen (Brenn) Geschichte zu genießen.

Bitte beachten Sie beim Studium der Verkostungsanmerkungen die unten aufgeführten Symbole. Diese wurden neu eingeführt, um Platz zu sparen, die angebotene Information zu vereinfachen und Ausländern zu helfen, die dieses Buch noch nicht in ihrer Muttersprache kaufen können.

Wallace Milroy
London, Juni 1995

ERLÄUTERUNG DER SYMBOLE

Anschrift

Telefonnummer

Faxnummer

Besucherzentrum

Audeo-visuelle Erläuterungen

Behindertengerechter Zugang

R Eingeschränkter behindertengerechter Zugang

Laden

Probierstube (Probenausschank)

Anzahl der wash-stills

Anzahl der spirit-stills

Faßherkunft, bzw. Holzsorte für die Lagerung

Art des Mälzens

ABKÜRZUNGEN

IWSC	International Wine and Spirit Competition
ROSPA	Royal Society for the Prevention of Accidents
ASVA	Association of Scottish Visitor Attractions

Brennereibesichtigung

Ein Besuch des Schloßes zu Edinburgh oder der Borrell Sammlung in Glasgow ist für viele der Schottlandbesucher ein unverzichtbarer Bestandteil der Reise. Inzwischen wird auch die Besichtigung einer Brennerei immer häufiger als ebenso wichtig eingestuft. Viele Hersteller haben gut ausgestattete Treffpunkte geschaffen zur Unterhaltung und Weiterbildung der stetig anwachsenden Gruppe ausländischer Whiskyliebhaber, die vor Ort die Herstellung von Whisky erleben möchte. Das Interesse an einer Besichtigung ist völlig losgelöst von der örtlichen Lage einer Brennerei.

Zahlreiche Brennereien haben beachtliche Investitionsmittel erhalten, um dem saisonbedingten Ansturm an Besuchern mit angemessenen Räumlichkeiten gewachsen zu sein, während einige abseits gelegene Brennereien mit einem schlichten Begrüßungsschluck, einer winzigen Ausstellung und einigen Stühlen in einem Nebenraum auskommen müssen. In beiden Fällen ist das herzliche Willkommen ehrlich gemeint, sodaß man sich am Fehlen größerer Räume nicht stören sollte. Die Mitarbeiter in den Brennereien Schottlands werben stets voller Stolz für ihr Destillat. Die Islay- Brennerei Caol Ila, in einsamer, aber herrlicher Lage am Sound of Islay, hat jährlich 2.000 Besucher; Schottlands höchstgelegene Brennerei bei Dalwhinnie lockt jährlich 40.000 Besucher von der nahe gelegenen A9 und Oban im Westen bewältigt jährlich 35.000 Besucher. Das andere Ende der Besucherskala führt Glenturret nahe Crieff mit der Betreuung von 215.000 Besuchern im letzten Jahr an und auch das neue, herrliche Industriemuseum bei Strathisla in Keith entwickelt sich zu einem Magneten unter den Sehenswürdigkeiten der Speyside.

Eine weitere Hauptattraktion ist die am Speyside Malt Whisky Trail gelegene Böttcherei Speyside Cooperage. Anschrift: Dufftown Road, Craigellachie AB38 9RS; Tel 0044-1340-881264; Fax 0044-1340-881303). Geöffnet Ostern bis Ende Oktober: Mo–Sa von 9.30 – 16.30; Oktober bis Ende März: 9.30 – 16.30. Zwischen Weihnachten und Neujahr für zwei Wochen geschlossen. Eintritt für Erwachsene £1,70, für Kinder und bei Ermäßigung £1,20. Familienkarten £4,90 und Gruppen ab 15 Personen zahlen £1,10 / Pers. Ein Besuch lohnt sich immer.

Im folgenden Kapitel habe ich regional die Firmen und Brennereien aufgelistet, die Besucherzentren haben; weitere Einzelheiten hierzu können unter der Besprechung der einzelnen Brennereien nachgelesen werden. Brennereien des Malt Whisky Trails sind mit einem Sternchen gekennzeichnet.

ALLIED DISTILLERS

Diese Gesellschaft - in den letzten Jahren starken Veränderungen unterworfen und jetzt mit der spanischen Domecq-Gruppe verbunden - muß wie einige der Mitbewerber noch erheblich in den Aufbau von Besucherzentren investieren.

Region	*Brennerei*	*Seite*
Speyside	Glendronach	39
Östliches Hochland	Glencadam	83
Islay	Laphroaig	115

BEN NEVIS DISTILLERY (Fort William) Ltd

Die japanischen Eigentümer haben massive Investition hier an der Westküste ein schönes Besucherzentrum geschaffen und damit im letzten Jahr ca. 40.000 Besucher angelockt.

Region	*Brennerei*	*Seite*
Westliches Hochland	Ben Nevis	95

BURN STEWART DISTILLERS PLC

Der kürzliche Verkauf der Tobermory Brennerei wird auf der Insel Mull positiv bewertet und man erwartet nun eine weitere Steigerung der Besucherzahlen in der an einem wundervollen Fleckchen Erde am Eingang des Hafens gelegenen Brennerei.

Region	*Brennerei*	*Seite*
Inseln	Tobermory	129

CAMPBELL DISTILLERS LTD

Dieses in französischem Besitz befindliche Unternehmen hat erfolgreich Edradours einzigartige Situation der kleinsten Brennerei Schottlands vermarktet; auch der Umsatz von Aberlour konnte in Frankreich gesteigert werden.

Region	*Brennerei*	*Seite*
Speyside	Aberlour	17
Südliches Hochland	Edradour	89

THE CHIVAS & GLENLIVET DIVISION
THE SEAGRAM COMPANY

In ihrem Fünfjahresplan für Heimatgeschichte zentriert die Chivas & Glenlivet Gruppe nun ihr Potential im Bereich der Speyside Brennereien in Wiederaufbau - und Entwicklungsarbeiten in Projekten, die direkt mit der Geschichte der Herstellung von Whisky in dieser Region verbunden sind. Nach den Worten ihres Präsidenten James Espey beweist das Programm nicht nur die aufrichtige Verbundenheit mit den Brennereien in ihrem Besitz, sondern auch mit Schottlands regionaler Heimatgeschichte - mit Hinblick auf künftige Erfolge. Die Auswirkungen dieser Haltung zeigen sich deutlich im Aufbau eines Industriemuseums in Strathisla, im Wiederaufbau des Linn House in

Keith und in den Glen Grant Gardens bei der gleichnamigen Brennerei in Rothes.

Region	*Brennerei*	*Seite*
Speyside	Glen Keith	34
	Glen Grant*	33
	Glenlivet*	45
	Strathisla*	62

THE HIGHLAND DISTILLERIES CO PLC

Die Fusionierungen und Aufkäufe der letzten Jahre haben zwar die Zahl der Brennereien im Besitz dieser Gesellschaft erweitert, aber momentan sind nur zwei Besucherzentren in Betrieb, wenngleich hierzu auch das Zentrum in Glenturret mit dem größten Besucherdurchsatz des letzten Jahres zählt.

Region	*Brennerei*	*Seite*
Südliches Hochland	Glenturret	91
Inseln	Highland Park	125

HISTORIC SCOTLAND

Kein Whiskyproduzent im eigentlichen Sinne, aber durch einen 30-Jahre-Pachtvertrag für die Dallas Dhu Brennereien ist Historic Scotland sehr engagiert in der Vermarktung dieses Industriemuseums. Die Brennerei in ihrer Obhut ist komplett erhalten und steht jetzt unter Denkmalsschutz. Auch wenn diese Brennerei nicht mehr betrieben wird, kann ein Besuch dort stets empfohlen werden.

Region	*Brennerei*	*Seite*
Speyside	Dallas Dhu*	30

THE MACALLAN-GLENLIVET DISTILLERS PLC

Mit nur einer Brennerei im Besitz der Gesellschaft wurde in weiser Voraussicht das Verwaltungsgebäude in Easter Elchies, Craigellachie, renoviert und so werden Sie nicht enttäuscht sein, wenn Sie zu den Glücklichen gehören, die diesen wunderbaren Whisky am Ort seiner Geburt verkosten dürfen.

Region	*Brennerei*	*Seite*
Speyside	Macallan	55

ISLE OF ARRAN DISTILLERS LTD

Ein brandneues Besucherzentrum, das 100.000 Besucher anlocken soll, hat gerade in Lochranza geöffnet, wo die neueste Ergänzung zu Schottlands Brennereien gerade den Betrieb aufgenommen hat. Zwar wird es noch einige Jahre dauern, bis der erste Whisky ausgereift ist, aber ansonsten ist diese Brennerei bereits voll funktionsfähig.

Region	*Brennerei*	*Seite*
Inseln	Arran	124

J & G GRANT

Bei einer Reise durch die Region Speyside unbedingt besuchen und sei's nur aufgrund der Tatsache, daß diese Brennerei noch immer in

Familienbesitz ist und wohl auch bleiben wird.

Region	*Brennerei*	*Seite*
Speyside	Glenfarclas*	42

IRISH DISTILLERS LTD

Obgleich nun völlig in französischer Hand- aber im Whiskey weiterhin eindeutig irisch bietet die Gesellschaft auch künftig allen Besuchern ihrer Old Bushmills Brennerei an der herrlichen Küste von Co Antrim einen lohnenden Aufenthalt in der ältesten lizensierten Brennerei des United Kingdom

Region	*Brennerei*	*Seite*
Nordirland	Old Bushmills	131

LANG BROS LTD

Diese lange bestehende Gesellschaft, eng assoziiert mit Highland Distillers, betreibt im Bereich Glasgow eine schon aufgrund der Lage unterhalb der Campsie Fells hervorragend für einen Besuch geeignete Brennerei. Das Besucherzenrum wird vermutlich ab sofort ganzjährig geöffnet sein.

Region	*Brennerei*	*Seite*
Südliches Hochland	Glengoyne	90

MACDONALD MARTIN DISTILLERIES PLC

Die bekannte '16-Mann vom Tain' Werbekampagne hat sich für die in Leith beheimatete Gesellschaft (demnächst Umzug nach Broxburn) bezahlt gemacht. Die in einem hübschen Teil von Easter Ross gelegene Brennerei sollte nicht ausgelassen werden.

Region	*Brennerei*	*Seite*
Nördliches Hochland	Glenmorangie	76

MORRISON BOWMORE DISTILLERS LTD

Diese in japanischem Besitz befindliche Gesellschaft hat sich nun völlig auf die Brennerei auf Islay konzentriert und bietet durch den kürzlich erfolgten Ausbau des Ladens ein reichhaltiges Angebot. Wenngleich Islay aufgrund der Verkehrsanbindung mit Straße und Fähre recht abgelegen ist, sollte nicht vergessen werden, daß ein Flug von Glasgow nur 30 Minuten dauert.

Region	*Brennerei*	*Seite*
Islay	Bowmore	109

TAKARA SHUZO & OKURA & CO LTD

Der in den letzten Jahren schrittweise durchgeführte Ausbau des Besucherzentrums in der einzigen schottischen Brennerei dieses Unternehmens brachte eine deutliche Zunahme an Besuchern, die eine der größten Brennereien Schottlnds besichtigen möchten.

Region	*Brennerei*	*Seite*
Nördliches Hochland	Tomatin	80

UNITED DISTILLERS

Diese Gesellschaft ist Schottlands größter Hersteller an Malt Whisky und hat eine beachtliche Zahl an Besucherzentren überall in Schottland aufgebaut. Ein Großteil der Investitionsmittel ist in diese Zentren geflossen und sie zählen daher heute zu den besten.

Region	*Brennerei*	*Seite*
Speyside	Cardhu*	26
	Cragganmore	27
Nördliches Hochland	Clynelish	71
	Dalwhinnie	73
	Glen Ord	75
Östliches Hochland	Royal Lochnagar	85
Südliches Hochland	Aberfeldy	86
	Blair Athol	87
Westliches Hochland	Oban	96
Tiefland	Glenkinchie	101
Islay	Lagavulin	114
Inseln	Talisker	128

THE WHYTE & MACKAY GROUP PLC

Diese in Glasgow beheimatete Gesellschaft in amerikanischem Besitz hat sich immer nur auf ihr eines Besucherzentrum im Osten konzentriert und es bestehen keinerlei Pläne, die Bemühungen auf eine weitere Brennerei auszudehnen

Region	*Brennerei*	*Seite*
Östliches Hochland	Fettercairn	84

WM GRANT & SONS LTD

Obgleich nunmehr drei Brennereien in Dufftown betrieben werden, erfüllt ein gut aufgezogenes Besucherzentrum alle Wünsche der Gesellschaft. Es befindet sich vorwiegend um Glenfiddich herum, sodaß Kininvie und Balvenie im Hintergrund bleiben. Dufftown ist gut geeignet, um die Vielzahl von Brennereien in Schottland während der spätvictorianischen Blütezeit einschätzen zu können.

Region	*Brennerei*	*Seite*
Speyside	Glenfiddich*	43

Speyside

Für viele Whiskyliebhaber ist Malt Whisky meist fest mit dem Begriff Speyside verbunden. Die Ausstrahlungskraft dieses Begriffes wird auch dadurch deutlich, daß viele Brennereien bei der Nennung ihres Ursprungsortes sich selber dem Gebiet Speyside zuordnen auch wenn sie teilweise weit vom River Spey entfernt produzieren.

Der River Livet hat ebenfalls unter diesem zweideutigen Lob gelitten, denn im Laufe der Jahre behaupteten viele Brenner (auch echte Produzenten aus dem Bereich Speyside), einen 'Glenlivet' herzustellen. Hierbei wurden genau genommen sowohl die geographischen Grenzen als auch die Geduld der Eigentümer der Brennerei The Glenlivet über Gebühr strapaziert. In den vergangenen zwei Jahrhunderten bürgte der Hinweis 'Speyside' für gute Qualität und er besitzt auch heute noch denselben Aussagewert.

Der Handel hat immer dazu geneigt, die bestehenden Brennereien in diesem Gebiet einfach als 'Speyside' Brennereien anzusehen. Zur Vereinfachung habe ich diese Einteilung für den vorliegenden Almanach übernommen.Wie aus der nachfolgenden Karte zu entnehmen ist, gibt es das 'Goldene Dreieck' tatsächlich. Es erstreckt sich von Elgin über Banff bis nach Dufftown, der Wiege der Brennkunst im Bereiche des River Spey. In diesem Dreieck befindet sich der Welt größte Ansammlung an technischem Gerät zum Herstellen von Whisky. Um die Ausstrahlung dieser Gegend richtig genießen zu können, bedarf es des Verständnisses für die Bedeutung und der Geheimnisse des Whiskybrennens im Hochland. Der Erfolg der Speyside Brennereien und die heutige Verbreitung dieser Malts beruht auf der Arbeit der alten Schwarzbrenner. Zum Ausklang des 18.Jahrhunderts war der Bedarf an Hochland Whisky so groß, daß auch die 'geschützten' Märkte im Tiefland von der besseren Qualität des geschmuggelten Malts der Schwarzbrennereien des Hochlandes unterlaufen wurden. Die Regierung erkannte, daß ein lukratives legales Brennen der beste Weg zum Verhindern des Schwarzbrennens ist und trug dieser Erkenntnis 1823 mit einem Gesetz (Act of Parliament) Rechnung. Die Anwohner des Speyside blieben jedoch skeptisch und begannen die neuen Gesetze erst

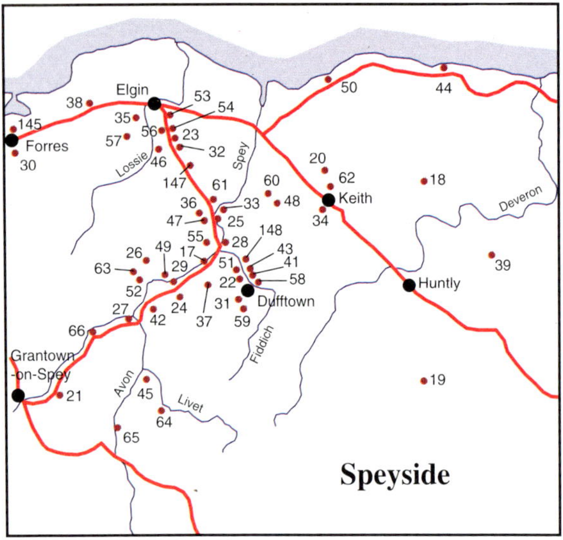

Ordungszahl der Brennerei entspricht der Seitenzahl

anzunehmen, nachdem George Smith, der eine Brennerei in Glenlivet hatte, als Vorreiter ab 1824 als Erster legal Whisky brannte.

Aus der Entscheidung von G. Smith entwickelte sich am Spey eine Industrie mit auch heute noch 40 produzierenden Brennereien.

Wohl die positivste Entwicklung der letzten Jahre war der Bau neuer Brennereien und die Übernahme anderer durch neue Eigner. Innerhalb der Seagram Gruppe wurde Allt a'Bhainne und Braes of Glenlivet neu errichtet; da diese Sorten bislang nur zum Blenden eingesetzt werden, habe ich mangels der Gelegenheit einer Verkóstung keine Angaben zur Brennerei oder zur Verkostung gemacht. Stratmill, bereits 1891 erbaut, wird von Justerini & Brooks ebenfalls nur zum Blenden eingesetzt und wurde ebenfalls nicht gelistet. Kininvie in Dufftown produziert bereits seit einigen Jahren, konnte aber von mir ebenfalls noch nicht verkostet werden. Sicherlich dauert es nicht mehr allzulang, bis Brennereien durch Besitzwechsel wieder die Produktion aufnehmen. Das Areal von Benromach (s.S. 145) wurde kürzlich an Gordon & MacPhail verkauft, die die Anlage nun wieder für eine künftige Produktion herrichten; es gibt also Hoffnung.

SORTE	**Aberlour**
BRENNEREI	Aberlour
	ABERLOUR, Banffshire AB38 9PJ
	0044-1340-871204/285
	0044-1340-871729
MANAGER	Alan J. Winchester
EIGENTÜMER	Campbell Distillers Ltd
STATUS	In Betrieb
GRÜNDUNG	1826, umgebaut 1880
WASSER	Eigene Quellen am Ben Rinnes
	W 2 S 2

	0044-1340-871204/0044-1340-871285
	0044-1340-871729
	Führung zweimal wöchentlich: Di & Fr: 10.00 & 16.00
BESUCHER PRO JAHR	1.000

ALTER BEI ABFÜLLUNG	10 Jahre
ALKOHOLGEHALT	40 & 57,1 Vol%
SONDERABFÜLLUNGEN	Jahrgang 1969 & 1970
EXPORTABFÜLLUNGEN	'Antique' @ 43 Vol%

VERKOSTUNGSPROBE	10 Jahre, 40 Vol%
DUFT	Reiches, malziges Aroma.
GESCHMACK	Entwickelt einen Hauch von Rauch mit einer Spur von Süße.
ANMERKUNGEN	Digestif mit zunehmender Beliebtheit; nun in franz.Besitz (Pernod-Ricard). Ein gut abgerundeter Speyside, in den viele Kenner in eine Privatabfüllung für das Jahr 2000 investiert haben.

SORTE	**An Cnoc**
BRENNEREI	Knockdhu
	✉ KNOCK, Aberdeenshire AB5 5LJ
	☎ 0044-1466-771223 Fax 0044-1466-771359
MANAGER	Stanley Harrower
EIGENTÜMER	Knockdhu Distillery Co., Ltd.
STATUS	In Betrieb
GRÜNDUNG	1893-4
WASSER	Fünf Quellen auf dem Knock Hill

ALTER BEI ABFÜLLUNG	12 Jahre
ALKOHOLGEHALT	40 Vol%

VERKOSTUNGSPROBE	
DUFT	Charakteristisch-weiches Aroma mit einem Hauch von Rauch.
GESCHMACK	Überraschend kultiviert mit ausgereifter, eleganter Milde; langer feiner Abgang.
ANMERKUNGEN	Ausgezeichneter Malt zu jedem Anlaß; der erste Zukauf von The Distillers Co. für die Versorgung des Unternehmens mit eigenem Malt Whisky; früher unter dem Namen Knockdhu vertrieben.

MALT	**Ardmore**
BRENNEREI	Ardmore KENNETHMONT Aberdeenshire AB54 4NH 0044-1464-831213 0044-1464-831428
MANAGER	Mr J Sim
EIGENTÜMER	Allied Distillers Ltd
STATUS	In Betrieb
GRÜNDUNG	1898
WASSER	Quellen am Knockandy Hill W 4 S 4

VERKOSTUNGSPROBE	1981, 40 Vol%
DUFT	Leicht
GESCHMACK	Kräftig,süß und malzig, angenehm frischer Abschluß.
ANMERKUNGEN	Digestif. Eine begrenzte Flaschenzahl ist gelegentlich durch Wm. Teacher erhältlich (15 Jahre, 45,7 Vol Vol%). s.S. 153.

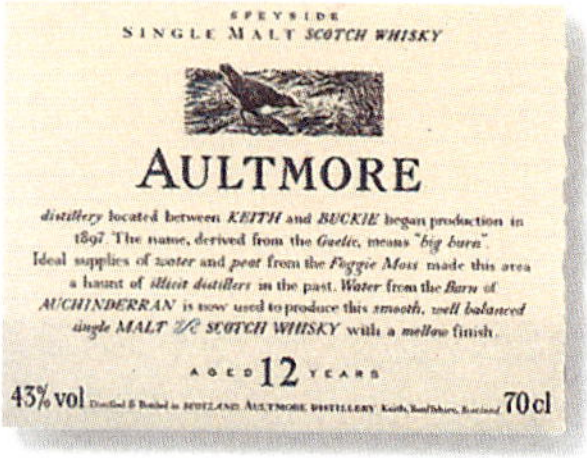

SORTE	**Aultmore**
BRENNEREI	Aultmore
	KEITH, Banffshire AB55 3QY
	0044-1542-882762 0044-1542-886467
MANAGER	Jim Riddell
EIGENTÜMER	United Distillers
STATUS	In Betrieb
GRÜNDUNG	1897
WASSER	Auchinderran Burn
	W 2 S 2

ALTER BEI ABFÜLLUNG	12 Jahre
ALKOHOLGEHALT	43 Vol%

VERKOSTUNGSPROBE	
DUFT	Angenehm frisches Aroma mit einem Hauch von Süße und einer Spur von Torf.
GESCHMACK	Sanft, abgerundet, mit weichem Abgang.
ANMERKUNGEN	Als Originalabfüllung erhältlicher Digestif.

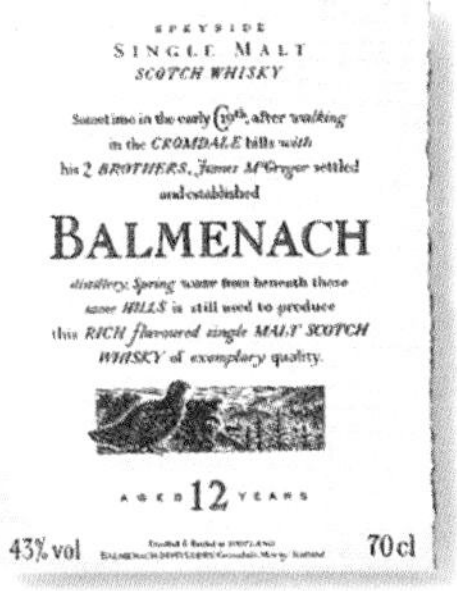

SORTE	**Balmenach**
BRENNEREI	Balmenach Cromdale, GRANTOWN-ON-SPEY Morayshire PH26 3PF 0044-1479-872569
MANAGER	Mike Gunn
EIGENTÜMER	United Distillers
STATUS	1993 eingemottet
GRÜNDUNG	ca. 1824
WASSER	Cromdale Burn W 3 S 3

ALTER BEI ABFÜLLUNG	12 Jahre
ALKOHOLGEHALT	43 Vol%

VERKOSTUNGSPROBE	
DUFT	Leicht, ansprechend, süß, nußartiges Aroma mit blumigem Unterton und einem Hauch von Rauch.
GESCHMACK	Vollmundig, geht langsam über in einen süßen Abgang nach Nuß und Vanille.
ANMERKUNGEN	Wohl ausbalanziertes, ansprechendes Getränk.

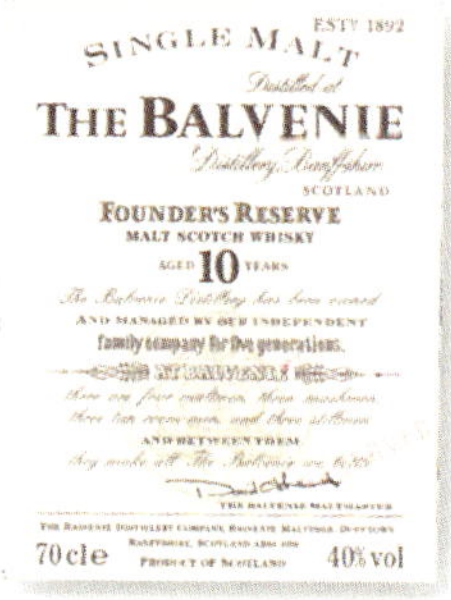

SORTE	**The Balvenie**
BRENNEREI	Balvenie
	Dufftown, KEITH, Banffshire AB55 4DH
	0044-1340-820373 0044-1340-820805
MANAGER	Bill White
EIGENTÜMER	Wm Grant & Sons Ltd
STATUS	In Betrieb
GRÜNDUNG	1892
WASSER	The Robbie Dubh Quellen
	Bourbon & Sherry
	W 4 S 4
	Mälzen auf Böden

ALTER BEI ABFÜLLUNG	Founder's Reserve - 10 Jahre
ALKOHOLGEHALT	Founder's Reserve, Double Wood - 40 Vol%; Single Barrel - 50,4 Vol%
SONDERABFÜLLUNGEN	Double Wood - 12 Jahre; Single Barrel - 15 Jahre

---

VERKOSTUNGSPROBE	12 Jahre, Double Wood
DUFT	Deutlich ausgeprägtes Aroma.
GESCHMACK	Kräftiges, charakteristische Aroma. Fast ein Liqueur mit typischem süßem Abgang.
ANMERKUNGEN	Digestif für Malt Kenner. Der Double Wood reift in zwei Holzsorten: normale Eiche und danach im Sherry-Eichenfaß. Der Single Barrel wird aus nur einem Faß abgefüllt. Hieraus resultiert eine begrenzte Flaschenzahl von nicht über 300 handnumerierten Flaschen je Faß .

SORTE	**Benriach**
BRENNEREI	Benriach
	✉ Longmorn, ELGIN, Morayshire IV30 3SJ
	☎ 0044-1542-783400 📠 0044-1542-783404
MANAGER	Bob MacPherson
EIGENTÜMER	The Seagram Co Ltd
STATUS	In Betrieb
GRÜNDUNG	1898 ; geschlossen 1900 ; wieder eröffnet 1965
WASSER	Örtliche Quellen
	(W) 2 (S) 2
	Mälzen auf Böden

ALTER BEI ABFÜLLUNG	10 Jahre
ALKOHOLGEHALT	43 Vol%

VERKOSTUNGSPROBE	
DUFT	Leicht, süß,fein, etwas fruchtig.
GESCHMACK	Mittlerer Körper mit feiner Mischung von Johannisbeere und Torf; zarter, trockener Abgang.
ANMERKUNGEN	Ein Malt der *Heritage Selection* von Chivas; jetzt in neuer Aufmachung

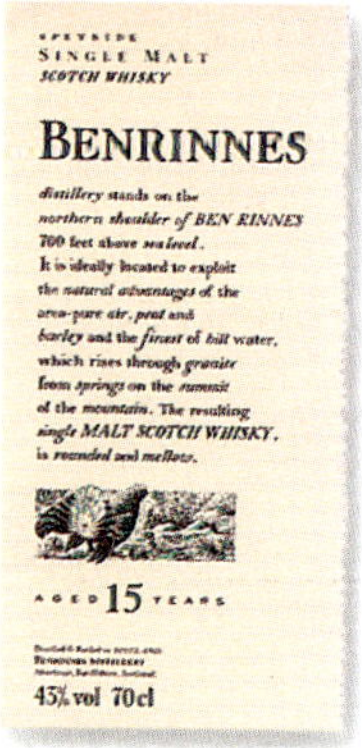

SORTE	**Benrinnes**
BRENNEREI	Benrinnes
	ABERLOUR, Banffshire AB38 9NN
	0044-1340-871215 0044-1340-871840
MANAGER	Neil Gillies
EIGENTÜMER	United Distillers
STATUS	In Betrieb
GRÜNDUNG	ca. 1835
WASSER	Rowantree und Scurran Burns
	W 2 S 4
AWARDS RECEIVED	ROSPA Health & Safety Gold Award 1994

ALTER BEI ABFÜLLUNG	15 Jahre
ALKOHOLGEHALT	43 Vol%

VERKOSTUNGSPROBE	
DUFT	Angenehmes, süßliches und blumiges Aroma.
GESCHMACK	Kräftig, ansprechend; mit zartem Hauch von Brombeer-Aroma; liqueur-ähnlicher Malt, bei dem ein klarer frischer Geschmack verbleibt.
ANMERKUNGEN	Ausgezeichnet als Digestif geeignet.

MALT	**Caperdronich**
BRENNEREI	Caperdonich
	ROTHES, Morayshire AB38 7BS
	0044-1542-783300
MANAGER	Willie Mearns
EIGENTÜMER	The Seagram Co Ltd
STATUS	In Betrieb
GRÜNDUNG	1898; geschlossen 1902; wieder eröffnet 1965
WASSER	Caperdonich Burn
	(W) 2 (S) 2

VERKOSTUNGSPROBE	14 Jahre, 46 Vol%
DUFT	Leichter, sehr zarter Duft nach Torf.
GESCHMACK	Mittel; leichter Hauch von Frucht mit einer Spur von Rauch.
ANMERKUNGEN	Die Brennerei liegt - nur durch eine Strasse getrennt - gegenüber von Glen Grant und heißt daher auch Glen Grant Nr.2 ; Digestif (s.S. 154).

SORTE	**Cardhu** *(Kaar-du)*
BRENNEREI	Cardhu Knockando, ABERLOUR Banffshire AB38 7RY 0044-1340-810204 0044-1340-810491
MANAGER	Charlie Smith
EIGENTÜMER	United Distillers
STATUS	In Betrieb
GRÜNDUNG	1824
WASSER	Quellen am Mannoch Hill und aus dem Lyne Burn W 3 S 3

	0044-1340-810204 0044-1340-810491 Jan-Dez, Mo-Fr: 9.30-16.30; Mai-Sept, Sa: 9.30-16.30
SONST. ATTRAKTIONEN	Cafeteria, Tagungsräume, Ausstellung und Picnicmöglichkeit
AUSZEICHNUNGEN	Loo of the Year, 1992!
BESUCHER PRO JAHR	16.000

ALTER BEI ABFÜLLUNG	12 Jahre
ALKOHOLGEHALT	40 Vol%

VERKOSTUNGSPROBE	
DUFT	Eine Spur von Süße mit ausgezeichnetem Bukett.
GESCHMACK	Leicht,weich mit wunderbar lang anhaltendem Abgang.
ANMERKUNGEN	Digestif; inzwischen einer der beliebtesten Malts von den United Distillers.

SORTE	**Cragganmore**
BRENNEREI	Cragganmore
	BALLINDALLOCH, Banffshire, AB37 9AB
	Tel. 0044-1807-500202 Fax 0044-1807-500288
MANAGER	Mike Gunn
EIGENTÜMER	United Distillers
STATUS	In Betrieb
GRÜNDUNG	1869
WASSER	Craggan Burn
	W 2 S 2

Tel. 0044-1807-500202 Fax 0044-1807-500288

Nur Fachbesucher

BESUCHER PRO JAHR	1.000

ALTER BEI ABFÜLLUNG	12 Jahre
ALKOHOLGEHALT	40 Vol%

VERKOSTUNGSPROBE	
DUFT	Liebliches, leichtes Honigaroma.
GESCHMACK	Feines, wohl abgerundetes Destillat, recht kräftig mit malzigem Raucharoma.
ANMERKUNGEN	Gehört zum Sortiment der *Classic Malts* von United Distillers.

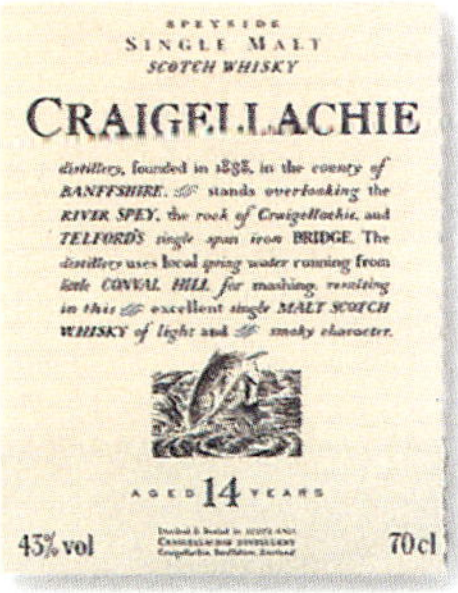

SORTE	**Craigellachie**
BRENNEREI	Craigellachie Craigellachie, ABERLOUR Banffshire AB38 9ST 0044-1340-881212/881228 0044-1340-881311
MANAGER	Archie Ness
EIGENTÜMER	United Distillers
STATUS	In Betrieb
GRÜNDUNG	1891
WASSER	Little Conval Hill W 2 S 2

ALTER BEI ABFÜLLUNG	14 Jahre
ALKOHOLGEHALT	43 Vol%

VERKOSTUNGSPROBE	
DUFT	Scharf, rauchig.
GESCHMACK	Leichter Körper, rauchig; im Geschmack ausdrucksvoller als das Bukett vorab erwarten läßt; gute Eigenschaften.
ANMERKUNGEN	Interessanter Digestif.

SORTE	**Dailuaine** *(Dal-ju-in)*
BRENNEREI	Dailuaine Carron, ABERLOUR, Banffshire AB38 7RE 0044-1340-810361 Fax 0044-1340-810510
MANAGER	Neil Gillies
EIGENTÜMER	United Distillers
STATUS	In Betrieb
GRÜNDUNG	ca. 1852
WASSER	Bailliemullich Burn W 3 S 3

ALTER BEI ABFÜLLUNG	16 Jahre
ALKOHOLGEHALT	43 Vol%

VERKOSTUNGSPROBE	
DUFT	Milde Süße mit Hauch von Rauch; Spuren nach Geißblatt vor einem eichigen Hintergrund.
GESCHMACK	Volles Aroma mit Anflug an Malz, der den vollen, trockenen, süßen, erfrischenden Abgang steigert.
ANMERKUNGEN	Ein Tropfen für jeden Anlaß.

SORTE	**Dallas Dhu**
BRENNEREI	Dallas Dhu FORRES, Morayshire IV36 0RR
EIGENTÜMER	United Distillers
STATUS	1983 geschlossen; kann aber noch wieder in Betrieb genommen werden
GRÜNDUNG	1899; zwar außer Betrieb, wird aber z.Z.als Industriemuseum weitergeführt
WASSER	Altyre Burn

	0044-1309-676548 Apr-Sept: 9.30-18.30 (letztr Einlaß: 18.00), So:14.00-18.30; Okt-März: 9.30-16.30 (letztr Einlaß: 16.00), So: 14.00-18.30; geschlossen Do nachm. & Fr
BESUCHER PRO JAHR	12.000

ALTER BEI ABFÜLLUNG	24 Jahre
ALKOHOLGEHALT	59,9 Vol%

VERKOSTUNGSPROBE	
DUFT	Kräftig und voll, verwoben mit Eiche, Rauch, Süße und Malz.
GESCHMACK	Kräftig, voll, klebrig und malzig in voller Harmonie; sehr angenehmer Abgang mit leicht störendem Hauch von Eiche.
ANMERKUNGEN	Die gesamte Brennerei wird durch Historic Scotland verwaltet und ist ideal für einen Besuch. Ein Digestif für jeden Geschmack aus der *Rare Malt Selection* von United Distillers. Ein Spritzer Wasser ist notwendig.

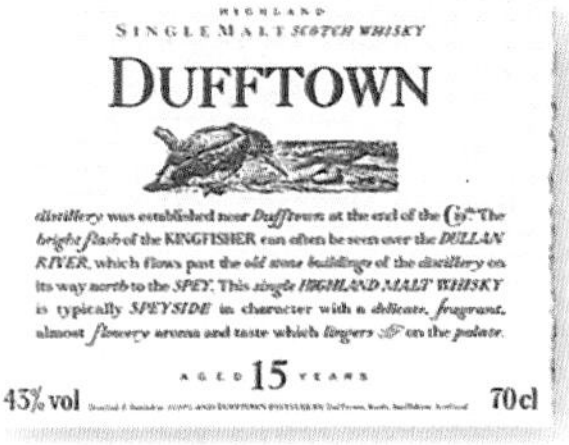

SORTE	**Dufftown**
BRENNEREI	Dufftown
	Dufftown, KEITH, Banffshire AB55 4BR
	Tel. 0044-1340-820224 Fax 0044-1340-820060
MANAGER	Steve McGingle
EIGENTÜMER	United Distillers
STATUS	In Betrieb
GRÜNDUNG	1896
WASSER	Jock's Well in den Conval Hills
	W 3 S 3

ALTER BEI ABFÜLLUNG	15 Jahre
ALKOHOLGEHALT	43 Vol%

VERKOSTUNGSPROBE	
DUFT	Leichtes, blumiges, angenehmes Aroma.
GESCHMACK	Guter, weicher, abgerundeter Geschmack, der angenehm auf der Zunge vergeht.
ANMERKUNGEN	Aperitif

SORTE	**Glen Elgin**
BRENNEREI	Glen Elgin Longmorn, ELGIN, Morayshire IV30 3SL 0044-1343-860212 0044-1343-862077
MANAGER	Harry Fox
EIGENTÜMER	United Distillers
STATUS	In Betrieb
GRÜNDUNG	1898-1900
WASSER	Örtliche Quellen nahe dem Milbuies Loch W 4 S 3

ALTER BEI ABFÜLLUNG	12 Jahre
ALKOHOLGEHALT	43 Vol%

VERKOSTUNGSPROBE	
DUFT	Angenehmes Aroma aus Heide und Honig.
GESCHMACK	Recht kräftiger Hauch von Süße, der sanft endet.
ANMERKUNGEN	Ein hervorragend abgerundeter Malt, ein angemessenes Getränk für jede Tageszeit; ein superbes Getränk.

SORTE	**Glen Grant**
BRENNEREI	Glen Grant ROTHES, Morayshire AB38 7BS 0044-1542-783300 Fax 0044-1542-783306
MANAGER	Willie Mearns
EIGENTÜMER	The Seagram Co Ltd
STATUS	In Betrieb
GRÜNDUNG	1840
WASSER	Caperdonich Well W 4 S 4

	0044-1542-783318 Fax 0044-1542-783306 Mitte März-Nov, Mo-Fr: 10.00-16.00; Mitte Juni-Mitte Sept, Sa:10.00-16.00, So: 12.30-16.00
SONST. ATTRAKTIONEN	Glen Grant Gardens und der Dramming Hut!
BESUCHER PRO JAHR	21.000

ALTER BEI ABFÜLLUNG	Heimischer Markt: ohne Angabe; Export:5 Jahre
ALKOHOLGEHALT	40 Vol%

VERKOSTUNGSPROBE	
DUFT	Leichtes, trockenes Aroma.
GESCHMACK	Leicht, trocken - ein weiterer Malt für jeden Anlaß.
ANMERKUNGEN	Aperitif; sehr beliebt in Italien.

SORTE	**Glen Keith**
BRENNEREI	Glen Keith
	KEITH, Banffshire AB55 3BU
	0044-1542-783044 0044-1542-783056
MANAGER	Norman Green
EIGENTÜMER	The Seagram Co Ltd
STATUS	In Betrieb
GRÜNDUNG	1957-60
WASSER	Balloch Hill Quellen
	W 3 S 3

0044-1542-783044 0044-1542-783056
Nur nach Anmeldung

ALTER BEI ABFÜLLUNG	10 Jahre
ALKOHOLGEHALT	43 Vol%

VERKOSTUNGSPROBE	
DUFT	Feines, angenehmes Aroma mit leichter aromatischer Süße bei einem Hauch von Eiche.
GESCHMACK	Angenehm, trocken-fruchtiges Aroma
ANMERKUNGEN	Ein Malt der *Heritage Selection* von Chivas; jetzt in neuer Verpackung.

SORTE	**Glen Moray**
BRENNEREI	Glen Moray ELGIN, Morayshire IV30 1YE 0044-1343-542577 0044-1343-546195
MANAGER	Edwin Dodson
EIGENTÜMER	Macdonald Martin Distilleries Plc
STATUS	In Betrieb
GRÜNDUNG	1897
WASSER	River Lossie Bourbon 2 2

Besichtigung nach tel. Anmeldung

ALTER BEI ABFÜLLUNG	12, 15 Jahre
ALKOHOLGEHALT	40 Vol%
SONDERABFÜLLUNGEN	1966 (26 Jahre.), 1967 (25 Jahre.); alle 43 Vol%
EXPORTABFÜLLUNGEN	17 Jahre, 43 Vol%

VERKOSTUNGSPROBE	12 Jahre, 40 Vol%
DUFT	Frisches, leichtes Aroma.
GESCHMACK	Leicht, angenehm und malzig mit klarem Abgang; ein guter Malt zu allen Anlässen.
ANMERKUNGEN	Aperitif; Abfüllung mit 15 Jahren ist in Metalldose mit ansprechender Aufmachung erhältlich; Motiv: Regiment Queen's Own Cameron Highlanders.

SORTE	**Glen Spey**
BRENNEREI	Glen Spey
	ROTHES, Morayshire AB38 7AY
	0044-1340-831215 0044-1340-831356
MANAGER	R. Murray
EIGENTÜMER	International Distillers & Vintners Ltd
STATUS	In Betrieb
GRÜNDUNG	ca. 1878
WASSER	Doonie Burn
	W 2 S 2

ALTER BEI ABFÜLLUNG	8 Jahre
ALKOHOLGEHALT	40 Vol%

VERKOSTUNGSPROBE	
DUFT	Leicht, fein und angenehm.
GESCHMACK	Sehr sanft und angenehm; ein gutes Getränk für jeden Anlaß.
ANMERKUNGEN	Aperitif

SORTE	**Glenallachie**
BRENNEREI	Glenallachie
	ABERLOUR, Banffshire AB38 9LR
	0044-1340-871315/710
	0044-1340-871711
MANAGER	Robert Hay
EIGENTÜMER	Campbell Distillers Ltd
STATUS	In Betrieb
GRÜNDUNG	1967-8
WASSER	Quellen am Ben Rinnes
	W 2 S 2

ALTER BEI ABFÜLLUNG	12 Jahre
ALKOHOLGEHALT	43 Vol%

VERKOSTUNGSPROBE	
DUFT	Sehr elegant mit ausgezeichnetem Bukett.
GESCHMACK	Sanfter Körper mit lieblichem, leicht süßlichem Abschluß; ausgesprochen gut ausgewogen.
ANMERKUNGEN	Errichtet von W. Delmé-Evans für Charles Mackinlay & Co Ltd., erzeugte diese Brennerei einen der oft unterschätzten Speyside-Malts. Heute ist nur noch die Abfüllung von Gordon & MacPhail für die Vorbesitzer im Handel (s. Etikett).

MALT	**Glenburgie**
BRENNEREI	Glenburgie-Glenlivet
	FORRES, Morayshire IV36 OQU
	0044-1343-850258 0044-1343-850480
MANAGER	Brian Thomas
EIGENTÜMER	Allied Distillers Ltd
STATUS	In Betrieb
GRÜNDUNG	1810
WASSER	Örtliche Quellen
	Meist Bourbon
	W 2 S 2
SONST. ATTRAKTIONEN	Landschaftlich sehr reizvolle Lage
BESUCHER PRO JAHR	100

VERKOSTUNGSPROBE	1968, 40 Vol%
DUFT	Angenehmes Aroma mit einem Duft von Kräutern.
GESCHMACK	Leichter, feiner aromatischer Geschmack mit angenehmem Abgang.
ANMERKUNGEN	Guter Aperitif, jedoch nur von den Unabhängigen Abfüllern erhältlich.(s.S. 154.)

SORTE	**The Glendronach**
BRENNEREI	Glendronach
	Forgue, HUNTLY
	Aberdeenshire AB54 6DB
	0044-1466-730202 0044-1466-730202
MANAGER	Frank Massie
EIGENTÜMER	Allied Distillers Ltd
STATUS	In Betrieb
GRÜNDUNG	1826
WASSER	Örtliche Quellen
	Europäische Eiche, abgelagert oder Sherry
	2 2
	Mälzen auf Böden

R	0044-1466-730202 0044-1466-730313
	Laden während der Bürozeiten geöffnet.
	Führungen um 10.00 und 14.00
SONST. ATTRAKTIONEN	Bodenmälzen; Hochland Rinder; alte Kohlebefeuerung der Brennblasen; dampfgetriebener Laster der Marke Sentinel von 1935
AUSZEICHNUNGEN	1993 'Highly Recommended' durch das *Decanter* Magazin
BESUCHER PRO JAHR	4.000

ALTER BEI ABFÜLLUNG	12 Jahre
ALKOHOLGEHALT	40 Vol%
EXPORTABFÜLLUNGEN	43 Vol% (ausgenommen Canada)

VERKOSTUNGSPROBE	12 Jahre, 40 Vol% (The Original)
DUFT	Weiches Aroma mit leichter Spur von Süße.
GESCHMACK	Gut ausgewogen; verweilt auf der Zunge mit köstlich-markantem Abgang.
ANMERKUNGEN	Ein guter Tropfen; nicht nur als Digestif, sondern auch zu anderen Tageszeiten begehrt.

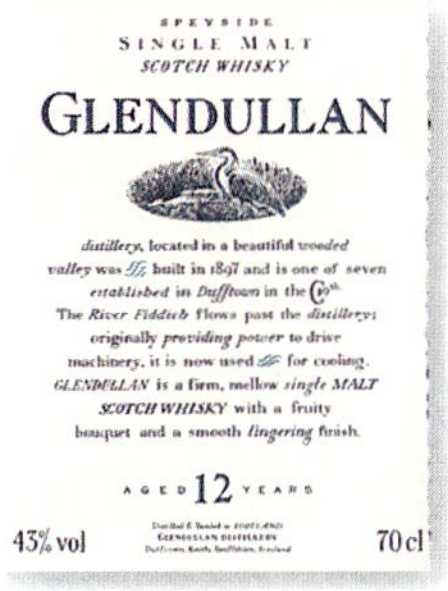

SORTE	**Glendullan**
BRENNEREI	Glendullan
	Dufftown, KEITH, Banffshire AB55 4DJ
	0044-1340-820250 0044-1340-820064
MANAGER	Steve McGingle
EIGENTÜMER	United Distillers
STATUS	In Betrieb
GRÜNDUNG	1897-8
WASSER	Quellen in den Conval Hills
	W 3 S 3

ALTER BEI ABFÜLLUNG	12 Jahre
ALKOHOLGEHALT	43 Vol%

VERKOSTUNGSPROBE

DUFT	Ansprechendes, fruchtiges Bukett.
GESCHMACK	Mild mit einem sanften, anhaltenden Abgang.
ANMERKUNGEN	Guter Digestif, leider nicht sehr bekannt.

SORTE	**Glenfarclas**
BRENNEREI	Glenfarclas Marypark, BALLINDALLOCH Banffshire AB37 9BD 0044-1807-500209 0044-1807-500234
MANAGER	Mr J. Miller
EIGENTÜMER	J & G Grant
STATUS	In Betrieb
GRÜNDUNG	1836
WASSER	Quellen am Ben Rinnes (W) 3 (S) 3

0044-1807-500257 0044-1807-500234
Ganzjährig Mo-Fr: 9.00-16.30; Juni-Sept: Sa: 10.00-16.00

ALTER BEI ABFÜLLUNG	8, 10, 12, 15, 21 & 25 Jahre
ALKOHOLGEHALT	40 Vol%, '105' mit 60 Vol%

VERKOSTUNGSPROBE	15 Jahre, 46 Vol%
DUFT	Eine köstliche Verheißung.
GESCHMACK	Fülle an Charakter und Aroma; einer der Großen der Hochland Malts.
ANMERKUNGEN	Herrliches Getränk aus einer großen Speyside-Brennerei.

SORTE	**Glenfiddich**
BRENNEREI	Glenfiddich
	Dufftown, KEITH, Banffshire AB55 4DH
	0044-1340-820373 Fax 0044-1340-820805
MANAGER	Bill White
EIGENTÜMER	Wm Grant & Sons Ltd
STATUS	In Betrieb
GRÜNDUNG	1886-7
WASSER	Robbie Dubh Quelle
	Bourbon und Sherry
	W 10 S 18

	0044-1340-820373 Fax 0044-1340-820805
	Ostern-Mitte Okt.,Mo-Sa: 9.30-16.30; So:12.00-16.30. Mitte Okt.- Ostern, Mo-Fr: 9.30-16.30. Weihnachten-Neujahr geschlossen. Für Gruppen über 12 Pers. ist Voranmeldung erwünscht. PR Managerin: Elizabeth Lafferty
SONST. ATTRAKTIONEN	Picnicmöglichkeit; AV Führung in 6 Sprachen
BESUCHER PRO JAHR	120.000

ALTER BEI ABFÜLLUNG	8 Jahre Minimum
ALKOHOLGEHALT	40 Vol%
EXPORTABFÜLLUNGEN	43 Vol%

VERKOSTUNGSPROBE	
DUFT	Ein leichter, feiner Hauch von Torf.
GESCHMACK	Ansprechendes Aroma mit nachträglicher Süße; ausgeglichen; ein empfehlenswerter Malt.
ANMERKUNGEN	Wer noch nie einen Malt probiert, sollte mit diesem beginnen.

MALT	**Glenglassaugh**
BRENNEREI	Glenglassaugh
	PORTSOY, Banffshire AB45 2SQ
	0044-1261-842367
EIGENTÜMER	The Highland Distilleries Co plc
STATUS	1986 eingemottet
GRÜNDUNG	1875
WASSER	Glassaugh Spring
	(W) (S)

ALTER BEI ABFÜLLUNG	12 Jahre
ALKOHOLGEHALT	40 Vol%
EXPORTABFÜLLUNGEN	43 Vol%

VERKOSTUNGSPROBE	
DUFT	Leicht, frisch und angenehm.
GESCHMACK	Bezaubernd mit einer Spur von Süße, voll der Verheißung eines köstlichen, anhaltenden Erlebnisses.
ANMERKUNGEN	Geeignet für jeden Anlaß. Erhältlich nur bei Unabhängigen Abfüllern. (s.S. 154.)

SORTE	**The Glenlivet**
BRENNEREI	Glenlivet
	BALLINDALLOCH, Banffshire AB37 9DB
	0044-1542-783220 Fax 0044-1542-783220
MANAGER	Jim Cryle
EIGENTÜMER	The Seagram Co Ltd
STATUS	In Betrieb
GRÜNDUNG	1824
WASSER	Josie's Well
	W 4 S 4

R	0044-1542-783220 Fax 0044-1542-783220
	Ostern–Ende Okt, Mo-Sa: 10.00-16.00; Juli–Aug, Sa: 10.00-16.00, Mitte Juni–Mitte Sept, Sa: 12.30-16.00
SONST. ATTRAKTIONEN	Cafeteria und Salatbar
AUSZEICHNUNGEN	1995 IWSC: Best Single Malt Scotch Whisky Trophy für Malts über 12 Jahre (18-Jahre alt)
BESUCHER PRO JAHR	75.000

ALTER BEI ABFÜLLUNG	12 & 21 Jahre
ALKOHOLGEHALT	40 Vol%, 21 Jahre: 43 Vol%
SONDERABFÜLLUNGEN	18 Jahre
EXPORTABFÜLLUNGEN	43 Vol%

VERKOSTUNGSPROBE	12 Jahre, 40 Vol%
DUFT	Eine leichte, ansprechende Blume mit viel Frucht.
GESCHMACK	Leichte Spur an Süße; volle Entfaltung des Geschmacks - ein Malt der Spitzenkategorie.
ANMERKUNGEN	Ein Malt, der nie enttäuscht; beliebt und überall erhältlich; von der mit einer Auszeichnung bedachten Abfüllung (18 Jahre) sind nur 1.000 Flaschen im Handel.

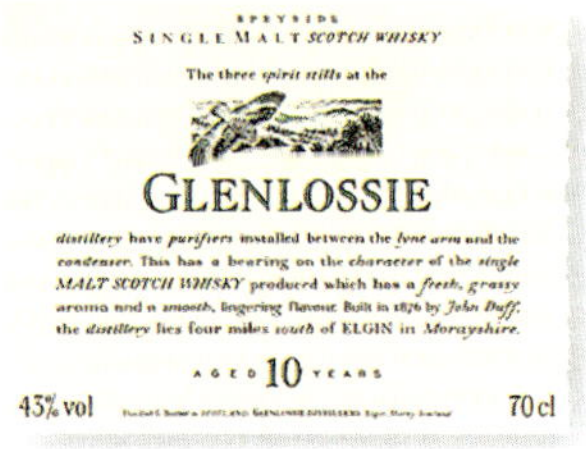

SORTE	**Glenlossie**
BRENNEREI	Glenlossie ✉ ELGIN, Morayshire IV30 3SS ✆ 0044-1343-860331 📠 0044-1343-860302
MANAGER	Dod Winton
EIGENTÜMER	United Distillers
STATUS	In Betrieb
GRÜNDUNG	1876
WASSER	Bardon Burn (W) 3 (S) 3

ALTER BEI ABFÜLLUNG	10 Jahre
ALKOHOLGEHALT	43 Vol%

VERKOSTUNGSPROBE	
DUFT	Ein sanfter Hauch von Süße mit Anflug von Sandelholz.
GESCHMACK	Langanhaltend, elegant mit mandelartigem Abgang.
ANMERKUNGEN	Digestif aus einer abgeschiedenen Ecke nahe Elgin.

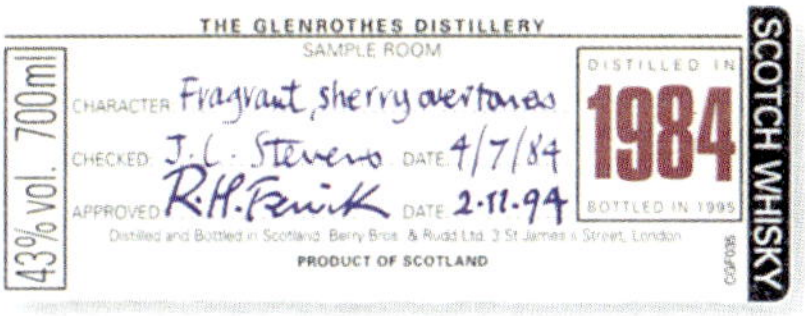

SORTE	**The Glenrothes**
BRENNEREI	Glenrothes
	ROTHES, Morayshire AB38 7AA
	0044-1340-831248 · 0044-1340-831484
MANAGER	A.B. Lawtie
EIGENTUMER	The Highland Distilleries Co plc
STATUS	In Betrieb
GRÜNDUNG	1878
WASSER	Örtliche Quellen
	(W) 5 (S) 5

ALTER BEI ABFÜLLUNG	11 Jahre
ALKOHOLGEHALT	43 Vol%

VERKOSTUNGSPROBE	
DUFT	Schwerer, feiner Duft von Sherry bei einem Hauch von Rauch.
GESCHMACK	Gute Balance aus feinem Fruchtaroma mit Malz bei angenehmer Andauer des Geschmacks und einem weichen, anhaltenden Abgang
ANMERKUNGEN	Berry Bros & Rudd vermarkten eine limitierte Abfüllung des Jahrgangs 1984

MALT	**Glentauchers**
BRENNEREI	Glentauchers
	Mulben, KEITH, Banffshire AB55 23L
	0044-1542-860272 0044-1542-860327
MANAGER	W.G. Wright
EIGENTÜMER	Allied Distillers Ltd
STATUS	In Betrieb
GRÜNDUNG	1898
WASSER	Örtliche Quellen
	Bourbon
	W 3 S 3
BESUCHER PRO JAHR	25

VERKOSTUNGSPROBE	1979, 40 Vol%
DUFT	Leichtes, süßliches Aroma.
GESCHMACK	Leichtes Aroma mit einem dezenten, trockenenen Abgang.
ANMERKUNGEN	Aperitif aus einer weiteren zum Ende des 19.Jahrhunderts gegründeten Brennerei. (s.S.155)

MALT	**Imperial**
BRENNEREI	Imperial Carron, ABERLOUR Morayshire AB38 7QP 0044-1340-810276 0044-1340-810563
MANAGER	R.S. MacDonald
EIGENTÜMER	Allied Distillers Ltd
STATUS	In Betrieb
GRÜNDUNG	1897
WASSER	Ballintomb Burn Bourbon W 2 S 2

VERKOSTUNGSPROBE	1979, 40 Vol%
DUFT	Wunderbar - kräftig und rauchig.
GESCHMACK	Kräftig und ausgereift mit köstlichem Abgang. Ein Malt mit ausgeprägtem Charakter.
ANMERKUNGEN	Einer der großen, unterschätzten Malts mit einem Namen, der laut nach einer Flaschenabfüllung verlangt. (s.S. 155)

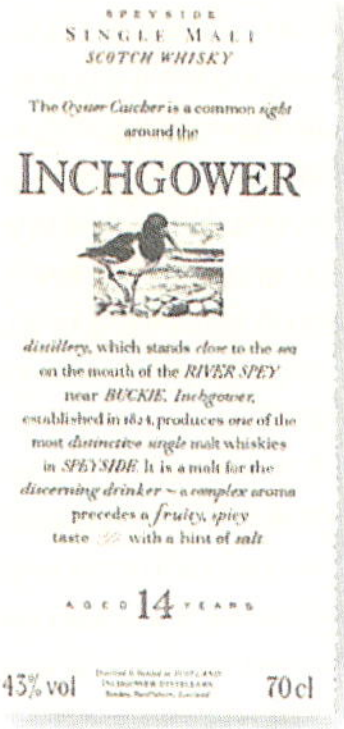

SORTE	**Inchgower**
BRENNEREI	Inchgower
	✉ BUCKIE, Banffshire AB56 2AB
	☎ 0044-1542-831161 📠 0044-1542-834531
MANAGER	Douglas Cameron
EIGENTÜMER	United Distillers
STATUS	In Betrieb
GRÜNDUNG	1871
WASSER	Quellen in den Menduff Hills
	(W) 2 (S) 2

ALTER BEI ABFÜLLUNG	14 Jahre
ALKOHOLGEHALT	43 Vol%

VERKOSTUNGSPROBE	
DUFT	Charakteristisch mit einer wohltuenden Spur an Süße.
GESCHMACK	Angenehmes, charakteristisches, mit einer leichten Süße abschliessendes Aroma.
ANMERKUNGEN	Ein sehr ausgeglichener Malt; Digestif.

MALT	**Kininvie**
BRENNEREI	Kininvie
	Dufftown, KEITH, Banffshire AB55 4DH
	0044-1340-820373 0044-1340-820805
MANAGER	Bill White
EIGENTÜMER	Wm Grant & Sons Ltd
STATUS	In Betrieb
GRÜNDUNG	1990
WASSER	Robbie Dubh Quellen
	W 2 S 6

VERKOSTUNGSPROBE	Noch nicht im Handel erhältlich

SORTE	**Knockando**
BRENNEREI	Knockando Knockando, ABERLOUR Morayshire AB38 7RD 0044-1340-810205 Fax 0044-1340-810369
MANAGER	Innes Shaw
EIGENTÜMER	International Distillers & Vintners Ltd
STATUS	In Betrieb
GRÜNDUNG	1898
WASSER	Cardnach Quelle W 2 S 2

0044-171-258-5000
Nur nach Anmeldung

ALTER BEI ABFÜLLUNG	15 Jahre
ALKOHOLGEHALT	40 Vol%

VERKOSTUNGSPROBE	
DUFT	Volles, angenehmes Aroma von heißer Butter.
GESCHMACK	Ausgewogener Körper mit angenehm sirupartigem Geschmack mit raschem Abgang.
ANMERKUNGEN	Digestif; das Etikett trägt die Daten des Brennens und der Abfüllung: z.Zt. 1980 und 1995; abgefüllt wird nach Erreichen der Reife des Jahrganges und nicht nach einer vorberechneten Zeit

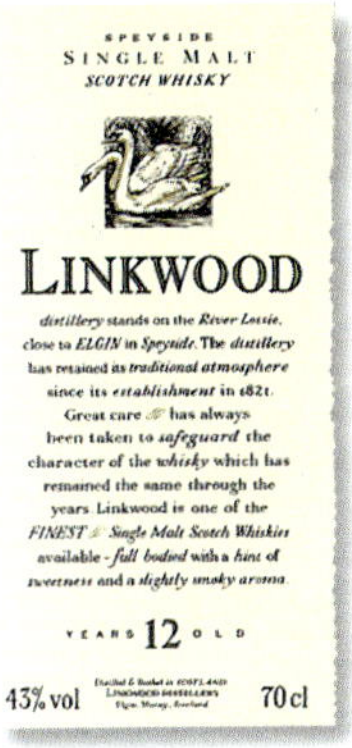

SORTE	**Linkwood**
BRENNEREI	Linkwood
	ELGIN, Morayshire IV30 3RD
	0044-1343-547004 0044-1343-549449
MANAGER	Harry Fox
EIGENTÜMER	United Distillers
STATUS	In Betrieb
GRÜNDUNG	ca. 1824
WASSER	Quellen nahe dem Milbuies Loch
	W 3 S 3

Nur nach Anmeldung

ALTER BEI ABFÜLLUNG	12 Jahre
ALKOHOLGEHALT	43 Vol%

VERKOSTUNGSPROBE	
DUFT	Leicht rauchig mit einer Spur von Süße
GESCHMACK	Voller Körper mit einem Hauch von Süße
ANMERKUNGEN	Einer der Besten unter den angebotenen Malts; einer, den man nicht auslassen darf!

SORTE	**Longmorn**
BRENNEREI	Longmorn
	✉ ELGIN, Morayshire IV30 3SJ
	☎ 0044-1542-783400 Fax 0044-1542-783404
MANAGER	Bob McPherson
EIGENTÜMER	The Seagram Co Ltd
STATUS	In Betrieb
GRÜNDUNG	1894-5
WASSER	Örtliche Quellen
	(W) 4 (S) 4
AUSZEICHNUNGEN	1994 IWSC: Goldmedaille

ALTER BEI ABFÜLLUNG	15 Jahre
ALKOHOLGEHALT	43 Vol%

VERKOSTUNGSPROBE	
DUFT	Ein herrlich angenehmes volles Bukett.
GESCHMACK	Voller Körper, nußartig, fleischig und überraschend angenehm.
ANMERKUNGEN	Klassischer Digestif aus der *Heritage Selection* von Chivas.

SORTE	**The Macallan**
BRENNEREI	Macallan Craigellachie, ABERLOUR BanffshireAB38 9RX 0044-1340-871471 0044-1340-871212
MANAGER	Frank Newlands
EIGENTÜMER	The Macallan Distillers PLC
STATUS	In Betrieb
GRÜNDUNG	ca. 1824
WASSER	Tiefbrunnen Sherry aus spanischer Eiche 7 14

	0044-1340-871471 0044-1340-871212 Nur nach Anmeldung. Führungen Mo-Fr: 10.00, 11.00, 14.00 und 15.00
SONST. ATTRAKTIONEN	Die Lage!
AUSZEICHNUNGEN	Queen's Award for Exports (2x). Architekturauszeichnungen für das Verwaltungsgebäude
BESUCHER PRO JAHR	10.000

ALTER BEI ABFÜLLUNG	Brit. Markt: 10, 18 (1976 & 1977) & 25 Jahre
ALKOHOLGEHALT	7, 10 Jahre: 40 Vol%; 12, 18 & 25 Jahre: 43 Vol%
EXPORTABFÜLLUNGEN	7, 12 ,18 & 21 Jahre

VERKOSTUNGSPROBE	10 Jahre, 40 Vol%
DUFT	Weiches Aroma, liebliches Bukett.
GESCHMACK	Kräftig, wunderbar, angenehm durch die Lagerung im Sherryfaß.
ANMERKUNGEN	Ein Meisterstück mit einer beneidenswerten, aber berechtigten Reputation.

SORTE	**Mannochmore**
BRENNEREI	Mannochmore
	✉ ELGIN, Morayshire IV30 3SS
	☎ 0044-1343-860331 Fax 0044-1343-860302
MANAGER	Dod Winton
EIGENTÜMER	United Distillers
STATUS	1995 eingemottet
GRÜNDUNG	1970
WASSER	Bardon Burn
	W 3 S 3

ALTER BEI ABFÜLLUNG	12 Jahre
ALKOHOLGEHALT	43 Vol%

VERKOSTUNGSPROBE	
DUFT	Frisch, leicht, aromatisch mit trockener Süße vor einem leicht rauchigen Hintergrund.
GESCHMACK	Ansprechend, frisch, anregend, leicht sahnig aber fest und ausgeglichen. Lang anhaltende Süße, trockener Abgang.
ANMERKUNGEN	Ein hervorragender Tropfen für jeden Anlaß.

SORTE	**Miltonduff**
BRENNEREI	Miltonduff-Glenlivet
	ELGIN, Morayshire IV30 3TQ
	0044-1343-547433 0044-1343-548802
MANAGER	Stuart Pirie
EIGENTÜMER	Allied Distillers Ltd
STATUS	In Betrieb
GRÜNDUNG	1824
WASSER	Örtliche Wasserversorgung
	Bourbon
	W 3 S 3

	Führungen nach Anmeldung Mo-Do
BESUCHER PRO JAHR	500

ALTER BEI ABFÜLLUNG	12 Jahre
ALKOHOLGEHALT	40 Vol%
EXPORTABFÜLLUNGEN	12 Jahre

VERKOSTUNGSPROBE	
DUFT	Ansprechend angenehmes Bukett.
GESCHMACK	Guter Korpus mit angenehmem, gut ausgereiftem feinen Abschluß.
ANMERKUNGEN	Digestif; ein weiterer Single Malt namens Mosstowie wird bei Miltonduff in Brennblasen vom Lomond-Typus hergestellt und ist bei Unabhängigen Abfüllern erhältlich.(s.S. 155)

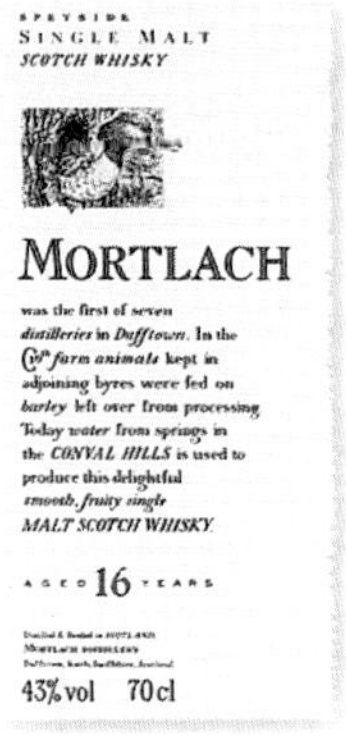

SORTE	**Mortlach**
BRENNEREI	Mortlach
	Dufftown, KEITH, Banffshire AB55 4AQ
	0044-1340-820318 0044-1340-820018
MANAGER	Ian Millar
EIGENTÜMER	United Distillers
STATUS	In Betrieb
GRÜNDUNG	ca. 1823
WASSER	Quellen in den Conval Hills
	W 3 S 3

Verkauf von Whisky im Brennereibüro

ALTER BEI ABFÜLLUNG	16 Jahre
ALKOHOLGEHALT	43 Vol%

VERKOSTUNGSPROBE	
DUFT	Angenehmes, gut abgerundetes Aroma mit einem Hauch von Rauch. Wohltuend.
GESCHMACK	Kräftig und voll mit einer Spur von Rauch bei ausgeprägter Süße, die einen vollen, weichen , an Sherry erinnernden Abgang ergeben.
ANMERKUNGEN	Digestif; erstklassiger Malt.

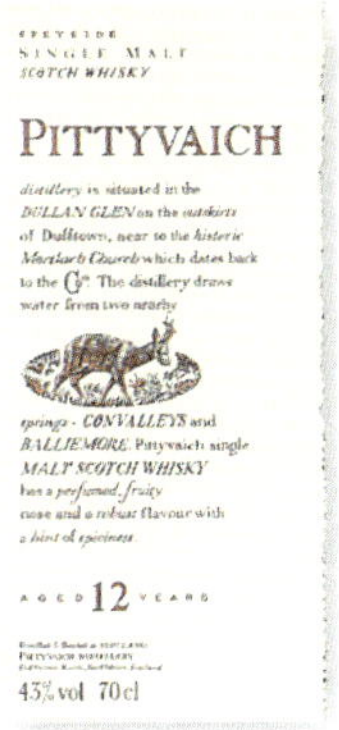

SORTE	**Pittyvaich**
BRENNEREI	Pittyvaich Dufftown, KEITH, Banffshire AB55 4BR 0044-1340-820561/773
MANAGER	Steve McGingle
EIGENTÜMER	United Distillers
STATUS	1993 eingemottet
GRÜNDUNG	1974
WASSER	Zwei größere örtlich Quellen

ALTER BEI ABFÜLLUNG	12 Jahre
ALKOHOLGEHALT	43 Vol%

VERKOSTUNGSPROBE	
DUFT	Recht fein mit angenehmem Duft.
GESCHMACK	Ausgereift, weich, ansprechend abgerundet.
ANMERKUNGEN	Dies Destillat rundet die Palette der Flaschenabfüllungen von Malts recht gut ab; Digestif.

SORTE	**The Singleton of Auchroisk**
BRENNEREI	Auchroisk
	MULBEN, Banffshire AB55 3XS
	0044-1542-860333 0044-1542-860265
MANAGER	Graeme Skinner
EIGENTÜMER	International Distillers & Vintners Ltd
STATUS	In Betrieb
GRÜNDUNG	1974
WASSER	Dorie's Well
	Vorwiegend Sherry
	W 4 S 4

Besichtigung nur nach Anmeldung.

ALTER BEI ABFÜLLUNG	Minimum 10 Jahre; Japan:12 Jahre
ALKOHOLGEHALT	40 Vol%
EXPORTABFÜLLUNGEN	43 Vol%

VERKOSTUNGSPROBE	1983, 40 Vol%
DUFT	Charakteristisches Bukett mit einem Hauch von Frucht.
GESCHMACK	Ausgewogener Korpus, Spur von Süße mit herrlich anhaltendem Aroma.
ANMERKUNGEN	Digestif; erstklassiger Malt mit internationalen Auszeichnungen; *The Singleton Particular* ist nur in Japan erhältlich.

SORTE	**Speyburn**
BRENNEREI	Speyburn ROTHES, Morayshire IV33 7AG 0044-1340-831213 0044-1340-831678
MANAGER	Graham MacWilliam
EIGENTÜMER	Speyburn-Glenlivet Distillery Co., Ltd.
STATUS	In Betrieb
GRÜNDUNG	1897
WASSER	Granty Burn, am Westhang des Glen of Rothes W S

ALTER BEI ABFÜLLUNG	10 Jahre
ALKOHOLGEHALT	40 Vol%

VERKOSTUNGSPROBE

DUFT	Bukett von Heide und Honig mit Anflug von Torf.
GESCHMACK	Voller kräftiger Malzgeschmack mit einem süßen, anhaltenden Abgang.
ANMERKUNGEN	Digestif; unter neuem Besitz nun überall erhältlich.

SORTE **Strathisla**

BRENNEREI Strathisla
KEITH, Banffshire AB55 3BS
0044-1542-783049 Fax 0044-1542-783055

MANAGER Norman Green

EIGENTÜMER The Seagram Co Ltd

STATUS In Betrieb

GRÜNDUNG 1786

WASSER Fons Bulliens's Well
W 2 S 2

0044-1542-783044 Fax 0044-1542-783039
Kürzlich eröffnetes Vorzeigestück der Chivas & Glenlivet Gruppe. Mitte Jan - Mitte Dez, Mo-Fr: 9.30 - 16.30. Juli - Aug, Sa: 9.30-16.00. Eintritt, £2 die im Laden gutgeschrieben werden. Jugendliche frei. Kinder unter 8 Jahren haben keinen Zutritt zur Produktion.

SONST. ATTRAKTIONEN Kostenlos Kaffe, Shortbread und Unterlagen.

ALTER BEI ABFÜLLUNG 12 Jahre

ALKOHOLGEHALT 43 Vol%

VERKOSTUNGSPROBE

DUFT Wundervoller, bezaubernder Duft nach Frucht, der bereits den Geschmack vorwegnimmt.

GESCHMACK Leichter Hauch von Süße mit besonders langanhaltender Fülle; gut ausbalanziert.

ANMERKUNGEN Ausgezeichneter Digestif; einer der Besten zum Probieren und Genießen; ein Malt der *Heritage Selection* von Chivas.

SORTE	**Tamdhu**
	(Tam-du)
BRENNEREI	Tamdhu
	Knockando, ABERLOUR
	Morayshire AB38 7RP
	0044-1340-810221 0044-1340-810255
MANAGER	Dr W. Crilly
EIGENTÜMER	The Highland Distilleries Co plc
STATUS	In Betrieb
GRÜNDUNG	1896-7
WASSER	Quelle nahe der Brennerei
	W 3 S 3
	Mälzen nach der Saladin-Methode

ALTER BEI ABFÜLLUNG	10 & 15 Jahre
ALKOHOLGEHALT	40 Vol%; 15 Jahre: 43 Vol%

VERKOSTUNGSPROBE	10 Jahre, 40 Vol%
DUFT	Leichtes Aroma mit einer Spur von Süße.
GESCHMACK	Ausgewogen, mit nur wenig Süße bei sehr mildem Abgang.
ANMERKUNGEN	Digestiv; nicht nur beliebt, sondern auch überall erhältlich.

SORTE	**Tamnavulin**
	(Tamna-wulin)
BRENNEREI	Tamnavulin
	BALLINDALLOCH, Banffshire AB37 9JA
	0044-1807-590285
EIGENTÜMER	The Whyte & Mackay Group PLC
STATUS	Außer Betrieb
GRÜNDUNG	1965-6
WASSER	Unterirdisches Reservoir, das von Quellen versorgt wird
	Amerikanische Weiße Eiche
	W 3 S 3

ALTER BEI ABFÜLLUNG	10 Jahre
ALKOHOLGEHALT	40 Vol%
SONDERABFÜLLUNGEN	Stillman's Dram: 25 Jahre
EXPORTABFÜLLUNGEN	43 Vol%

VERKOSTUNGSPROBE	10 Jahre, 40 Vol%
DUFT	Gut ausgereift mit charakteristischer Milde und einer Spur von Süße.
GESCHMACK	Ausgewogen, mit einem leichten, rauchigen, ausgeprägten Abgang.
ANMERKUNGEN	Guter Malt für jeden Anlaß.

SORTE	**Tomintoul**
	(Tommin-taul)
BRENNEREI	Tomintoul
	BALLINDALLOCH, Banffshire AB37 9AQ
	0044-1807-590274 0044-1807-590342
MANAGER	Mr R. Fleming
EIGENTÜMER	The Whyte & Mackay Group PLC
STATUS	In Betrieb
GRÜNDUNG	1964-5
WASSER	Ballantruan Spring
	Amerikanische Weiße Eiche, Oloroso Sherry
	W 2 S 2

ALTER BEI ABFÜLLUNG	8, 12 Jahre
ALKOHOLGEHALT	40 Vol%
EXPORTABFÜLLUNGEN	43 Vol%

VERKOSTUNGSPROBE	12 Jahre, 43 Vol%
DUFT	Leicht und fein.
GESCHMACK	Leichter Korpus mit guten Eigenschaften.
ANMERKUNGEN	Ein Malt für Einsteiger.

SORTE	**The Tormore**
BRENNEREI	Tormore Advie, GRANTOWN-ON-SPEY Morayshire PH26 3LR 0044-1807-510244 0044-1807-510352
MANAGER	John Black
EIGENTÜMER	Allied Distillers Ltd
STATUS	In Betrieb
GRÜNDUNG	1958-60
WASSER	Achvochkie Burn (W) 4 (S) 4

Besichtigung nur nach tel. Anmeldung

ALTER BEI ABFÜLLUNG	10 Jahre
ALKOHOLGEHALT	40 Vol%
EXPORTABFÜLLUNGEN	43 Vol%

VERKOSTUNGSPROBE	
DUFT	Fein sich abzeichnendes trockenes Aroma.
GESCHMACK	Mittlerer Korpus mit einer Spur von Süße; angenehmer, nachhaltiger Eindruck.
ANMERKUNGEN	Digestif.

Das Hochland

Außerhalb der Gegend um die Ufer des Spey sind die Brennereien recht spärlich über ein Gebiet verstreut, das nach meinem Dafürhalten in die vier Bereiche Nord, Süd, Ost und West aufzuteilen ist.

Mehr als 30 Malts entstammen diesen vier Bereichen, sieben von Brennereien, die heute nicht mehr bestehen. Dies sind Glen Mhor, Glen Albyn und Millburn in Inverness, Banff, Glenugie bei Peterhead und Nort Port in Brechin. Von einigen anderen geschlossenen Brennereien existieren nur noch Spuren; sie werden nie wieder auferstehen. Es sind dies Coleburn bei Elgin, Glenlochy in Fort William, und Brora in der Stadt gleichen Namens, Glenesk in Montrose. Einzelheiten zu diesen Malts sind in dem Kapitel Verschwundene Brennereien, S. 133. zu finden.

In den weit abgelegenen Produktionsstätten draußen im Hochland werden Besucher zumeist sehr gern gesehen und die Mühen einer Reise zu diesen Betrieben werden von der Gastlichkeit der Hochländer belohnt. Die noch im nördlichen Bereich bestehenden Brennereien erstrecken sich von Dalwhinnie, nahe Kingussie, bis Pulteney bei Wick ganz im Norden von Caithness und schließen Tomatin beim gleichnamigen Weiler ein; Royal Brackla bei Nairn; Ord in Muir of Ord auf der Black Isle; Dalmore und Teaninich bei Alness; Balblair und Glenmorangie bei Tain, sowie Clynelish bei Brora.

Die östlichen Malts liegen zwischen der Region Speyside und der Nordseeküste. Banff, die Fischerstadt an der Mündung des Moray, weist eine Brennerei auf, Glen Deveron.

Leider wurde Glen Garioch bei Oldmeldrum im Aberdeenshire gerade eingemot-tet, es besteht jedoch die Hoffnung der Wiederaufnahme der Produktion bei Verbesserung der Marktlage. Royal Lochnagar wirbt so intensiv um die Maltliebhaber, daß mehr als 35.000 Besucher jedes Jahr nicht nur zum Besucherzentrum pilgern, sondern auch zum nahegelegenen Balmoral Castle. Durch Fettercairn erstreckt sich der Bereich der Brennaktivitäten im Südosten der Royal Deeside bis hin nach Montrose, das sich wegen der erklecklichen Zahl an Brennereien rühmt, aber Glenesk (einst bekannt als North Esk und auch als Hillside)

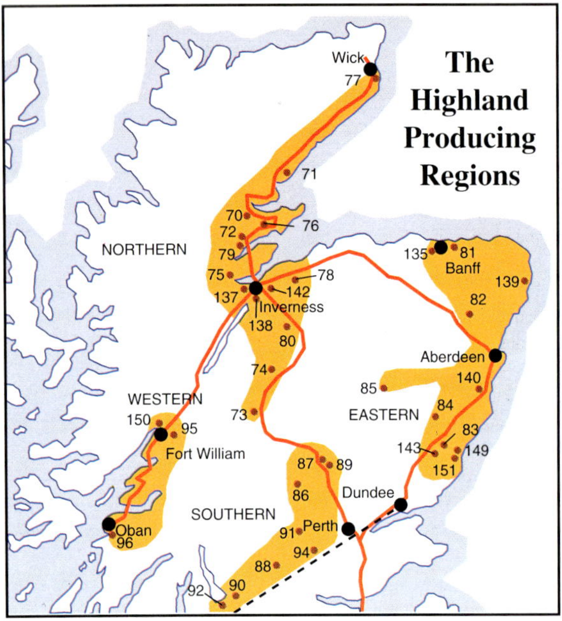

Kennziffer verweist auf Seitenzahl

wird wohl nie wieder produzieren und die Lochside Brennerei (eine ehemalige Brauerei), die sowohl Korn - als auch Malt Whisky brannte, ist zur Zeit stillgelegt. Eine Probe des Lochside Malts konnte ich kürzlich verkosten; meine Anmerkungen finden sich im Kapitel Verschwundene Brennerein ab Suite 133; diese Sorte ist gelegentlich bei Unabhängigen Abfüllern erhältlich. Weiter im Landesinneren, aber noch am Fluß South Esk, hat Brechin eine arbeitende Brennerei bei Glencadam und eine stillgelegte bei North Port - beides sind sehr seltene Malts. Südlich dieses Ackerbaugebietes bilden die Berge der Grafschaft Perth die Grenze des Bereiches der Hochlandbrennereien.

In Pitlochry kann der Freund des Malts zwei gegensätzliche Brennereien erleben. Edradour ist die kleinste Brennerei in Schottland und bewahrt all das Liebenswerte eines kleines Betriebes aus dem 19.Jahrhundert, während Blair Athol hingegen eine große, recht moderne Anlage ist. Die Aberfeldy Brennerei liegt am östlichen Eingang der Stadt gleichen Namens am Ufer des River Tay; die Glenturret Brennerei bei Crieff besticht durch die malerische Lage. Tullibardine in Blackford ist eine recht 'junge' Brennerei (1948) in einem Ort, in dem nicht nur Mineralwasser (Highland Spring) abgefüllt wird, sondern auch ein auf den Mauern der ältesten Brauerei Schottlands errichteter Betrieb zum Mälzen im Lohnauftrag nach der Bodenmälzmethode zu finden ist. Wenn jetzt noch etwas Ungewöhnliches überraschen kann, so ist dies wohl die Deanston Brennerei am River Teith bei Doune nahe Stirling: in einer umgebauten Wollspinnerei dienen die alten Lagerschuppen jetzt als Zollfreilager und direkt im Betrieb wird ein kleines Wasserkraftwerk betrieben. Kürzlich wurde eine Gin-Brennerei angefahren.

Am Westrand dieses südlichsten der Bereiche des Hochlandes befinden sich die Brennereien Loch Lomond und Glengoyne. Beide Betriebe liegen zwar im Grenzgebiet des Hochlandes (wie auch Tullibardine), legen aber größten Wert auf die Zugehörigkeit zu eben diesem Bereich. Loch Lomond, erbaut 1968, produziert sowohl Inchmurrin wie auch Old Rhosdhu Malt in Brennblasen, die diese kuriose Zweigleisigkeit in der Herstellung ermöglichen. Die Eigner haben kürzlich Glen Scotia in Campbeltown und Littlemill in Bowling übernommen. Glengoyne hat eine längere Entstehungsgeschichte und ist - in einer Schlucht der Campsie Fells gelegen - eine einzigartige Brennerei in einer einzigartigen Lage.

Die Westlichen Malts - ohnehin nur drei an der Zahl - haben nur die Einbuße eines Betriebes erlitten. Glenlochy in Fort William wird nie wieder produzieren; die Oban Brennerei, direkt neben der Hauptstrasse dieser quirrligen Touristenmetropole gelegen, ist so besonders gut für Besucher zu erreichen und gehört zu den *Classic Malts* von United Distillers. Die Ben Nevis Brennerei in Fort William erblüht ebenfalls unter der Führung der japanischen Eigner und unterhielt im letzten Jahr Tausende mit der Geschichte des Scotch Blend The Dew of Ben Nevis (Der Tau vom Ben Nevis).

DAS NÖRDLICHE HOCHLAND

SORTE	**Balblair**
BRENNEREI	Balblair ✉ Edderton, TAIN, Ross-shire IV19 1LB ☎ 0044-1862-821273 📠 0044-1862-821360
MANAGER	James Yeats
EIGENTÜMER	Allied Distillers Ltd
STATUS	In Betrieb
GRÜNDUNG	1790
WASSER	Struie Hill W S 2
BESUCHER PRO JAHR	800

ALTER BEI ABFÜLLUNG	5, 10 Jahre
ALKOHOLGEHALT	40 Vol%

VERKOSTUNGSPROBE	10 Jahre
DUFT	Ausgeprägter, charakteristischer Duft von Rauch und Süße.
GESCHMACK	Gutes, dauerhaftes Aroma mit einer leichten Spur von Süße.
ANMERKUNGEN	Gutes Getränk für jeden Anlaß; abgefüllt von Ballantines.

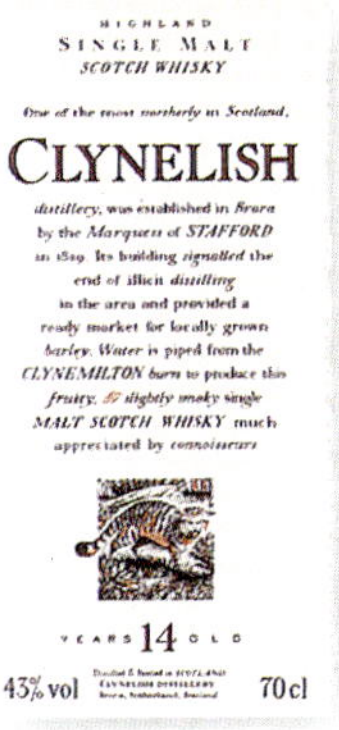

SORTE	**Clynelish** *(Kleine-liisch)*
BRENNEREI	Clynelish BRORA, Sutherland KW9 6LR 0044-1408-621444 0044-1408-621131
MANAGER	Bob Robertson
EIGENTÜMER	United Distillers
STATUS	In Betrieb
GRÜNDUNG	1819; Neubau 1967
WASSER	Clynemilton Burn W 6 S 6

0044-1408-621444 0044-1408-621131
März-Okt,Mo-Fr: 9.30-16.00: Nov-Feb: nur nach Anmeldung

AUSZEICHNUNGEN	Gold Award for Safety (ROSPA)
BESUCHER PRO JAHR	12.000

ALTER BEI ABFÜLLUNG	14 Jahre
ALKOHOLGEHALT	43 Vol%

VERKOSTUNGSPROBE	
DUFT	Recht torfig für einen Malt vom Nördlichen Hochland.
GESCHMACK	Kräftig, angenehm mit leicht trockenem Abgang - charaktervoll.
ANMERKUNGEN	Digestif; beliebt bei Kennern.

SORTE	**The Dalmore**
BRENNEREI	Dalmore
	ALNESS, Ross-shire IV17 0UT
	0044-1349-882362 0044-1349-883655
MANAGER	Mr S. Tulewicz
EIGENTÜMER	The Whyte & Mackay Group PLC
STATUS	In Betrieb
GRÜNDUNG	ca. 1839
WASSER	Gildermory Loch
	Amerikanische Weiße Eiche, Oloroso Sherry
	W 4 S 4

ALTER BEI ABFÜLLUNG	12 Jahre
ALKOHOLGEHALT	40 Vol%
SONDERABFÜLLUNGEN	Stillman's Dram, 26 Jahre
EXPORTABFÜLLUNGEN	43 Vol%

VERKOSTUNGSPROBE	
DUFT	Kräftig, frisch, mit einer Andeutung von Süße.
GESCHMACK	Voller Geschmack bei leicht trockenem Abgang.
ANMERKUNGEN	Ein weiterer recht guter Malt, der als Digestif empfohlen wird.

SORTE	**Dalwhinnie**
BRENNEREI	Dalwhinnie DALWHINNIE, Inverness-shire PH19 1AB 0044-1528-522240 0044-1528-522240
MANAGER	Robert Christine
EIGENTÜMER	United Distillers
STATUS	In Betrieb
GRÜNDUNG	1897-8
WASSER	Allt an t'Sluie Burn

R 0044-1528-522240
Ostern-Okt,Mo-Fr: 9.30-16.30; Sonst nur nach Anmeldung

BESUCHER PRO JAHR	40.000

ALTER BEI ABFÜLLUNG	15 Jahre
ALKOHOLGEHALT	43 Vol%

VERKOSTUNGSPROBE

DUFT	Zartes, aromatisches Bukett.
GESCHMACK	Köstliches Aroma mit süßem Abgang, der an Honig erinnert.
ANMERKUNGEN	Aperitif; gehört zu den *Classic Malts* von United Distillers.

SORTE	**Drumguish**
	(Dram-juisch)
BRENNEREI	Speyside
	Tromie Mills, KINGUSSIE
	Inverness-shire PH21 1NS
	0044-1540-661060 0044-1540-661959
MANAGER	Richard Beattie
EIGENTÜMER	Speyside Distillery Co Ltd
STATUS	In Betrieb
GRÜNDUNG	1990
WASSER	River Tromie
SONST. ATTRAKTIONEN	Grenzt an ein Naturschutzgebiet

ALTER BEI ABFÜLLUNG	Keine Angabe
ALKOHOLGEHALT	40 Vol%

VERKOSTUNGSPROBE	
DUFT	Angenehm malziges Aroma mit feinem Hauch von Süße und Apfelblüte.
GESCHMACK	Sehr weich; angenehme Süße, mit fruchtigem Geschmack gut ausgeglichen mit anhaltendem, angenehmem Abgang.
ANMERKUNGEN	Eine willkommene Erweiterung der Maltpalette Schottlands.

SORTE	**Glen Ord**
BRENNEREI	Glen Ord MUIR OF ORD, Ross-shire IV6 7UJ Tel. 0044-1463-870421 Fax 0044-1463-870101
MANAGER	Kenny Gray
EIGENTÜMER	United Distillers
STATUS	In Betrieb
GRÜNDUNG	1838
WASSER	Loch Nan Eun und Loch Nam Bonnach W 3 S 3

	Tel. 0044-1463-871334 Fax 0044-1463-870044-10044-1 Mo-Fr: 09.30-16.30
SONST. ATTRAKTIONEN	Von der ASVA empfohlene Ausstellung
AUSZEICHNUNGEN	IWSC, House of Campbell Trophy für den besten Single Malt unter 15 Jahren. Grand Gold Medal bei der Monde Selection
BESUCHER PRO JAHR	25.000

ALTER BEI ABFÜLLUNG	12 Jahre
ALKOHOLGEHALT	40 Vol%

VERKOSTUNGSPROBE	
DUFT	Angenehm kräftiger Geruch mit einem Anflug von Trockenheit.
GESCHMACK	Gute Fülle mit langanhaltendem herrlichen Geschmack; sehr elegant.
ANMERKUNGEN	Digestif; gut erhälticher Medaillengewinner.

SORTE	**Glenmorangie**
BRENNEREI	Glenmorangie TAIN, Ross-shire IV19 1PZ 0044-1862-892043 0044-1862-893862
MANAGER	Dr Bill Lumsden
EIGENTÜMER	Macdonald Martin Distilleries plc
STATUS	In Betrieb
GRÜNDUNG	1843
WASSER	Tarlogie Springs Bourbon W 4 S 4

R

0044-1862-892477
Besucher sind – nach tel. Anmeldung – stets willkommen

ALTER BEI ABFÜLLUNG	10, 18 Jahre
ALKOHOLGEHALT	40 Vol%, 43 Vol% und sowie Faßstärke
SONDERABFÜLLUNGEN	'Port Wood'

VERKOSTUNGSPROBE	10 Jahre, 40 Vol%
DUFT	Angenehm; frisch und süß, mit feinem Hauch von Torf.
GESCHMACK	Mittlerer Körper mit süßlich-frischem Abgang; zum Probieren und Studieren.
ANMERKUNGEN	Ein ausgezeichneter, sehr beliebter Malt; nun auch in Faßstärke in Handel; die gesamte Produktion wird als Single Malt Flaschenabfüllung verkauft.

MALT	**Pulteney**
	(Pult-ne)
BRENNEREI	Pulteney
	Huddart Street, WICK
	Caithness KW1 5BA
	0044-1955-602371 0044-1955-602279
MANAGER	Donald Reitt
EIGENTÜMER	Inverhouse Distillers Ltd
STATUS	In Betrieb
GRÜNDUNG	1826
WASSER	Örtliche Wasserversorgung

VERKOSTUNGSPROBE	8 Jahre, 40 Vol%
DUFT	Zart, fein; schmeckt ein wenig wie ein Insel Malt.
GESCHMACK	Leicht, erfrischend mit einer Spur von Fülle, die so dem Ganzen einen guten Abgang verleiht.
ANMERKUNGEN	Ein ausgezeichneter Aperitif aus der nörlichsten Brennerei des Festlandes; kürzlich Wechsel des, Eigentümers. Als Old Pulteney bei Unabhängigen Abfüllern zu erhalten, als Originalabfüllung wohl erst später(s.S. 155).

SORTE	**Royal Brackla**
BRENNEREI	Royal Brackla Cawdor, NAIRN, Nairnshire IV12 5QY 0044-1667-404280 0044-1667-404743
MANAGER	Chris Anderson
EIGENTÜMER	United Distillers
STATUS	In Betrieb
GRÜNDUNG	c1812
WASSER	Cawdor Burn W 2 S 2

ALTER BEI ABFÜLLUNG	10 Jahre
ALKOHOLGEHALT	43 Vol%

VERKOSTUNGSPROBE	
DUFT	Erquickendes Aroma von Torfrauch mit angenehmem Hauch an Süße und blumigem Anflug.
GESCHMACK	Abgerundet, leicht süßlich bei einer Fülle, die zwar trocken im Geschmack ist, aber dann in eine sherryartige Süße übergeht.
ANMERKUNGEN	Ausgezeichnet und ansprechend. William IV vergab die Zusatzbezeichnung königlich erstmals an diese Brennerei. Neues Etikett und neue Aufmachung für einen guten Malt.

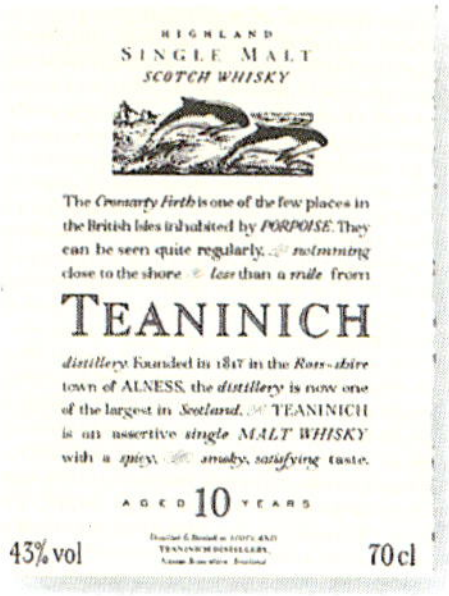

SORTE	**Teaninch**
BRENNEREI	Teaninich
	ALNESS, Ross-shire IV17 0XB
	0044-1349-882461 0044-1349-883864
MANAGER	Angus Paul
EIGENTÜMER	United Distillers
STATUS	In Betrieb
GRÜNDUNG	1817
WASSER	Dairywell Spring
	W 3 S 3

ALTER BEI ABFÜLLUNG	10 Jahre
ALKOHOLGEHALT	43 Vol%

VERKOSTUNGSPROBE	
DUFT	Frisch, sanfter Hauch von Rauch mit einer Spur von Frucht bei angenehmer Süße.
GESCHMACK	Wohl ausbalanziert bei leichtem Eichentouch und einem weichen, langen Abgang.
ANMERKUNGEN	Exellenter Tropfen für jeden Anlaß.

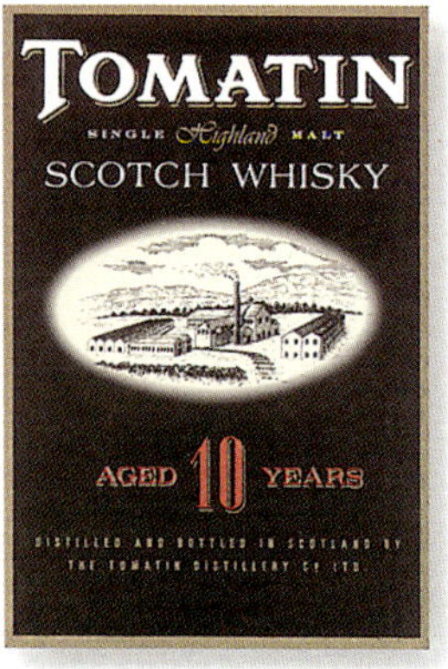

SORTE	**Tomatin**
BRENNEREI	Tomatin
	TOMATIN, Inverness-shire IV13 7YT
	0044-1808-511444 0044-1808-511373
MANAGER	T.R. McCulloch
EIGENTÜMER	Tochterunternehmen von Takara Shuzo & Okura & Co Ltd
STATUS	In Betrieb
GRÜNDUNG	1897
WASSER	Allt na Frithe Burn
	W 12 S 11

	0044-1808-511444 0044-1808-511373
	Mo-Fr: 9.30-16.30; Mai-Okt, Sa: 9.30-13.00 (letzte Führung 12.00) Dez/Jan: Voranmeldung für größere Gruppen
BESUCHER PRO JAHR	70.000

ALTER BEI ABFÜLLUNG	10 Jahre
ALKOHOLGEHALT	40 Vol%
SONDERABFÜLLUNGEN	25 Jahre, limitierte Abfüllung
EXPORTABFÜLLUNGEN	10 & 12 Jahre, 40, 43 Vol%

VERKOSTUNGSPROBE	10 Jahre
DUFT	Angenehm und leicht.
GESCHMACK	Leichter Körper, sehr weich.
ANMERKUNGEN	Aperitif; einguter Malt für Einsteiger.

Das Östliche Hochland

SORTE	**Glen Deveron**
BRENNEREI	Macduff BANFF, Banffshire AB4 3JT 0044-1261-812612 0044-1261-818083
MANAGER	Michael Roy
EIGENTÜMER	Bacardi Ltd
STATUS	In Betrieb
GRÜNDUNG	1960
WASSER	Örtliche Quellen W 2 S 3
AUSZEICHNUNGEN	1993/4 IWSC: Silbermedaille

ALTER BEI ABFÜLLUNG	12 Jahre
ALKOHOLGEHALT	40 Vol%
EXPORTABFÜLLUNGEN	5 & 12 Jahre, 43 Vol%

VERKOSTUNGSPROBE	
DUFT	Ausgesprochen erfrischendes Bukett.
GESCHMACK	Ausgewogen mit einem weichen, angenehmen Geschmack bei klarem Abgang.
ANMERKUNGEN	Digestif; wird von den Unabhängigen Abfüllern auch als MacDuff angeboten. (s.S. 155.)

SORTE	**Glen Garioch**
	(Glengiiri)
BRENNEREI	Glen Garioch
	Oldmeldrum, INVERURIE
	Aberdeenshire AB51 0ES
	0044-1651-872706 0044-1651-872578
MANAGER	Ian Fyfe
EIGENTÜMER	Morrison Bowmore Distillers Ltd, gehört zu Suntory
STATUS	1995 eingemottet
GRÜNDUNG	1798
WASSER	Quellen am Percock Hill
	Bourbon und sherry
	W 2 S 2
	Mälzen auf dem Boden

ALTER BEI ABFÜLLUNG	1984, 12, 15 und 21 Jahre
ALKOHOLGEHALT	1984, 12 Jahre: 40 Vol%; 15, 21 Jahre: 43 Vol%
EXPORTABFÜLLUNGEN	1984; 12, 15 & 21 Jahre.

VERKOSTUNGSPROBE	21 Jahre
DUFT	Zart und rauchig.
GESCHMACK	Ausgeprägt torfiger Geschmack mit einem weichen, angenehmen Abgang.
ANMERKUNGEN	Guter Digestif.

MALT	**Glencadam**
BRENNEREI	Glencadam
	BRECHIN, Angus DD9 7PA
	0044-1356-622217 Fax 0044-1356-624926
MANAGER	G. Harper
EIGENTÜMER	Allied Distillers Ltd
STATUS	In Betrieb
GRÜNDUNG	ca. 1825
WASSER	Loch Lee
	W S

	0044-1356-624212
SONST. ATTRAKTIONEN	Naturlehrpfad, öffentliche Parkanlagen.
BESUCHER PRO JAHR	400

VERKOSTUNGSPROBE	1974, 40 Vol%
DUFT	Leichter Hauch von Süße.
GESCHMACK	Vollmundig mit recht fruchtigem Aroma und gutem Abgang.
ANMERKUNGEN	Digestif; (s.S. 154).

SORTE **Old Fettercairn**

BRENNEREI Fettercairn
Distillery Road, LAURENCEKIRK
Kincardineshire AB30 1YE
0044-1561-340244 0044-1561-340447

MANAGER Mr B. Kenny

EIGENTÜMER The Whyte & Mackay Group PLC

STATUS In Betrieb

GRÜNDUNG ca. 1824

WASSER Quellen in den Grampian Mountains
Amerikanische Weiße Eiche und Oloroso Sherry
2 2

0044-1561-340205
Mai-Sept, Mo-Sa: 10.00-16.30 (letzte Führung 16.00)

BESUCHER PRO JAHR 10.000

ALTER BEI ABFÜLLUNG 10 Jahre

ALKOHOLGEHALT 40 Vol%

EXPORTABFÜLLUNGEN 43 Vol%

VERKOSTUNGSPROBE

DUFT Leichtes, anregend frisches Aroma.

GESCHMACK Frischer, leicht trockener Abgang, der dezent anregend wirkt.

ANMERKUNGEN Gutes Getränk für jeden Anlaß; angeblich der zweite Betrieb, der eine Brennerlaubnis nach dem Gesetz von 1823 erhielt..

SORTE	**Royal Lochnagar**
BRENNEREI	Royal Lochnagar Crathie, BALLATER Aberdeenshire AB35 5TB 0044-1339-742273 0044-1339-742312
MANAGER	Alastair Skakles
EIGENTÜMER	United Distillers
STATUS	In Betrieb
GRÜNDUNG	1845
WASSER	Örtliche Quellen unterhalb Lochnagar

R	0044-1339-742273 0044-1339-742312 Ostern-Okt,Mo-So: 10.00-17.00; Nov-Ostern,Mo-Fr: 10.00-17.00
SONST. ATTRAKTIONEN	Sehr nahegelegen: Balmoral Castle.
AUSZEICHNUNGEN	Loo of the Year Award!
BESUCHER PRO JAHR	35.000

ALTER BEI ABFÜLLUNG	Ohne Altersangabe und 12 Jahre
ALKOHOLGEHALT	40 Vol% and 43 Vol%

VERKOSTUNGSPROBE	12 Jahre, 40 Vol%
DUFT	Angenehm volles Aroma.
GESCHMACK	Angenehmer Körper mit einem vollen, malzig-fruchtigen Geschmack und herrlicher Spur von Süße.
ANMERKUNGEN	Royal Lochnagar Selected Reserve ist eine sporadisch angebotene Abfüllung zum Preise von ca. £159!

DAS SÜDLICHE HOCHLAND

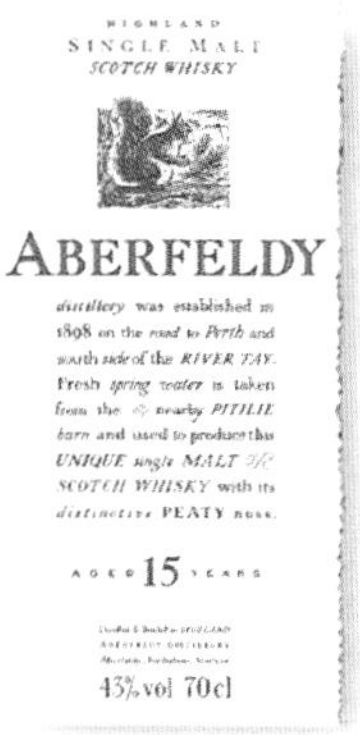

SORTE	**Aberfeldy**
BRENNEREI	Aberfeldy
	ABERFELDY, Perthshire PH15 2EB
	0044-1887-820330 0044-1887-829432
MANAGER	Brian Bissett
EIGENTÜMER	United Distillers
STATUS	In Betrieb
GRÜNDUNG	1896
WASSER	Pitilie Burn
	W 2 S 2

R	0044-1887-820330 0044-1887-820432
	Ostern-Okt,Mo-Fr: 10.00-16.00. Im Winter reduzierte Öffnungszeiten.
SONST. ATTRAKTIONEN	Naturlehrpfad
BESUCHER PRO JAHR	10.000

ALTER BEI ABFÜLLUNG	15 Jahre
ALKOHOLGEHALT	43 Vol%

VERKOSTUNGSPROBE	
DUFT	Frisch, klar mit leicht torfigem Duft.
GESCHMACK	Interessantes kräftiges Aroma mit vollem Geschmack.
ANMERKUNGEN	Jetzt als Originalabfüllung auf dem Markt, dadurch steigend in der Beliebtheit.

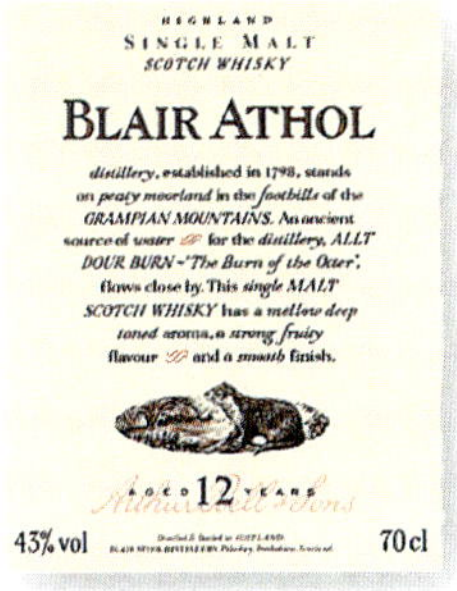

SORTE	**Blair Athol**
BRENNEREI	Blair Athol PITLOCHRY, Perthshire PH16 5LY 0044-1796-472161 0044-1796-473292
MANAGER	Gordon Donoghue
EIGENTÜMER	United Distillers
STATUS	In Betrieb
GRÜNDUNG	1798
WASSER	Allt Dour W 2 S 2

R	0044-1796-472234 0044-1796-473292 Ostern-Sept, Mo-Sa: 9.00-17.00; So: 12.00-17.00. Okt-Ostern, Mo-Fr: 9.00-17.00 (letzte Führung 16.00) Dez-Feb nur nach Anmeldung.
SONST. ATTRAKTIONEN	Cafeteria
BESUCHER PRO JAHR	50.000

ALTER BEI ABFÜLLUNG	12 Jahre
ALKOHOLGEHALT	43 Vol%

VERKOSTUNGSPROBE	
DUFT	Leicht, frisch, klar.
GESCHMACK	Hauch von Torf mit vollmundigem Abgang; eine Fülle an Aroma.
ANMERKUNGEN	Guter Malt aus dem Süden von Perthshire; geeignet als Aperitif.

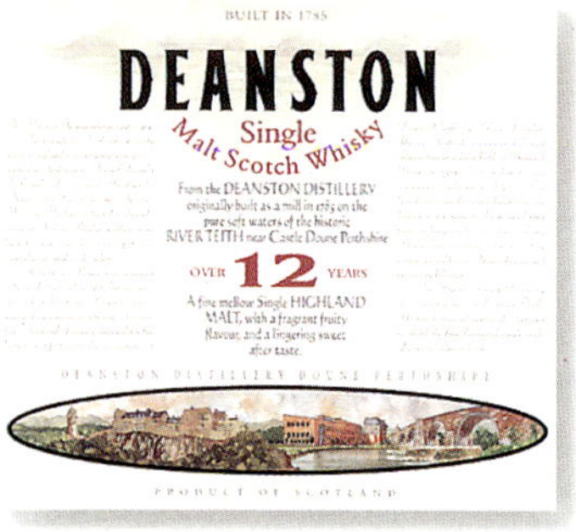

SORTE	**Deanston**
BRENNEREI	Deanston
	✉ DOUNE, Perthshire FK16 6AG
	☎ 0044-1786-841422 Fax 0044-1786-841439
MANAGER	Ian Macmillan
EIGENTÜMER	Burn Stewart Distillers plc
STATUS	In Betrieb
GRÜNDUNG	1965-6 durch Umbau einer ca.1785 errichteten Wollspinnerei
WASSER	River Teith
	Fass: Amerikanische und Spanische Eiche
	W 2 S 2

ALTER BEI ABFÜLLUNG	12 Jahre, 17 & 21
ALKOHOLGEHALT	40 Vol%

VERKOSTUNGSPROBE	12 Jahre
DUFT	Frisch, sanfter Hauch von Süße, leicht trocken, Spur von Malz.
GESCHMACK	Süßlich, leicht, weich bei einem interessanten, weichen Abgang.
ANMERKUNGEN	Angenehmer, anregender Tropfen aus einer Brennerei in einem guten Lachsrevier.

SORTE	**The Edradour**
	(Edra-dauer)
BRENNEREI	Edradour
	PITLOCHRY, Perthshire PH16 5JP
	0044-1796-473524 0044-1796-472002
MANAGER	John Reid
EIGENTÜMER	Campbell Distillers Ltd
STATUS	In Betrieb
GRÜNDUNG	1837
WASSER	Örtliche Quellen im Mhoulin Moor

	0044-1796-472095 0044-1796-472002
	Mo-Sa: 9.30-17.00; So: 12.00-17.00
BESUCHER PRO JAHR	100.000

ALTER BEI ABFÜLLUNG	10 Jahre
ALKOHOLGEHALT	40 Vol%
EXPORTABFÜLLUNGEN	43 Vol%

VERKOSTUNGSPROBE	
DUFT	Fruchtig-süß und rauchig.
GESCHMACK	Leichter Marzipangeschmack, leicht trocken und malzig mit mandelartigem Abgang.
ANMERKUNGEN	Schottlands kleinste Brennerei; Vorzeigebetrieb für die Arbeitsweise einer Brennerei im letzten Jahrhundert; ein Besuch lohnt immer.

SORTE	**Glengoyne**
BRENNEREI	Glengoyne DUMGOYNE, Stirlingshire G63 9LB 0044-1360-550229 Fax 0044-1360-550094
MANAGER	Ian Taylor
EIGENTÜMER	Lang Brothers Ltd
STATUS	In Betrieb
GRÜNDUNG	ca. 1833
WASSER	Firmeneigener Brunnen in den Campsie Hills Eichenfässer aus Sherry- und Whiskylagerung W S 2

	0044-1360-550254 Fax 0044-1360-550094 Täglich Führungen. Mo-Sa: 10.00-16.00; So: 12.00-16.00
SONST. ATTRAKTIONEN	Nach Voranmeldung sind Abendessen möglich.
AUSZEICHNUNGEN	Empfohlen durch den Scottish Tourist Board.
BESUCHER PRO JAHR	40,000

ALTER BEI ABFÜLLUNG	10, 12 & 17 Jahre.
ALKOHOLGEHALT	10 Jahre: 40 Vol%; 17 Jahre: 43 Vol%
SONDERABFÜLLUNGEN	Abfüllung eines Destllates von 25.12.1967
EXPORTABFÜLLUNGEN	12 Jahre: 40 & 43 Vol%

VERKOSTUNGSPROBE	10 Jahre
DUFT	Leichtes, frisches Aroma.
GESCHMACK	Leicht, angenehm und abgerundet.
ANMERKUNGEN	Ein weitere großer Malt; die Abfüllung mit 17 Jahren ist beeindruckend; bei Glengoyne wird nur ungeräuchertes Malz verarbeitet.

SORTE	**The Glenturret**
BRENNEREI	Glenturret The Hosh, CRIEFF, Perthshire PH7 4HA 0044-1764-656565 0044-1764-654366
MANAGER	George Cameron
EIGENTÜMER	The Highland Distilleries Co plc
STATUS	In Betrieb
GRÜNDUNG	1775
WASSER	Loch Turret Fässer aus der Sherry, Bourbon und Whiskylagerung

---

	0044-1764-656565 0044-1764-654366 Industriemuseum mit den Ausstellungen Water of Life, Spirit of the Glen & Pagoda Room. März-Dez,Mo-Sa: 9.30-16.30; Jan-Feb,Mo-Fr: 11.30-14.30; Tourist Manager: Philippa Ireland
SONST. ATTRAKTIONEN	Smuggler's Restaurant
AUSZEICHNUNGEN	1974, 1981 & 1991 IWSC: Goldmedaille.
BESUCHER PRO JAHR	215.414

ALTER BEI ABFÜLLUNG	12, 15, 18 Jahre.
ALKOHOLGEHALT	40 Vol%
SONDERABFÜLLUNGEN	1966: 24 Jahre,40 Vol%; 15 Jahre: 50 Vol%; 25 Jahre, 40 Vol% im Decanter; 21 Jahre, 40 Vol% im Krug; Malt Liqueur, 35 Vol%
EXPORTABFÜLLUNGEN	12 Jahre und Malt Liqueur

VERKOSTUNGSPROBE	12 Jahre
DUFT	Sehr beeindruckender aromatischer Geruch.
GESCHMACK	Voller kräftiger Körper mit einer Fülle von Aroma und angenehmem Abgang.
ANMERKUNGEN	Vermutlich Schottlands älteste Brennerei.

SORTE	**Inchmurrin**
BRENNEREI	Loch Lomond
	✉ ALEXANDRIA, Dunbartonshire G83 0TL
	☎ 0044-1389-752781 Fax 0044-1389-757977
MANAGER	J. Peterson
EIGENTÜMER	Loch Lomond Distillery Co Ltd
STATUS	In Betrieb
GRÜNDUNG	1966
WASSER	Loch Lomond
	(W) 2 (S) 2

ALTER BEI ABFÜLLUNG	10 Jahre
ALKOHOLGEHALT	40 Vol%

VERKOSTUNGSPROBE	
DUFT	Leicht aromatisch; schmeichelt dem Gaumen.
GESCHMACK	Leichter Körper; aufgrund des leichten Aromas verliert sich der Geschmack schnell.
ANMERKUNGEN	Malt für jeden Tag.

SORTE	**Old Rhosdhu**
BRENNEREI	Loch Lomond
	ALEXANDRIA, Dunbartonshire G83 0TL
	0044-1389-752781 0044-1389-757977
MANAGER	J. Peterson
EIGENTÜMER	Loch Lomond Distillery Co Ltd
STATUS	In Betrieb
GRÜNDUNG	1966
WASSER	Loch Lomond
	W 2 S 2

ALTER BEI ABFÜLLUNG	5 Jahre
ALKOHOLGEHALT	40 Vol%

VERKOSTUNGSPROBE	
DUFT	Aromatisch, kräftig,malzig und süß.
GESCHMACK	Leicht, süß und klar. Geschmack und Aroma entfalten sich schnell mit recht kurzem Abgang.
ANMERKUNGEN	Tropfen für jeden Anlaß.

SORTE	**Tullibardine**
	(Tulli-bardiin)
BRENNEREI	Tullibardine
	✉ Blackford, AUCHTERARDER
	Perthshire PH4 1QG
	☎ 0044-1764-682252
EIGENTÜMER	The Whyte & Mackay Group PLC
STATUS	Außer Betrieb
GRÜNDUNG	1949
WASSER	Von den Ochil Hills
	Fass: Amerikanische Weiße Eiche
	W 2 S 2

ALTER BEI ABFÜLLUNG	10 Jahre
ALKOHOLGEHALT	40 Vol%
SONDERABFÜLLUNGEN	Stillman's Dram: 25 Jahre(nur gelegentlich erhältlich)
EXPORTABFÜLLUNGEN	43 Vol%

VERKOSTUNGSPROBE	
DUFT	Feines, ausgereiftes, süßes Fruchtaroma.
GESCHMACK	Voller Körper, mit fruchtigem Aroma und einem guten, anhaltenden Geschmack.
ANMERKUNGEN	Aperitif aus einer weiteren von W. Delmé-Evans entworfenen Brennerei.

Das Westliche Hochland

SORTE	**Ben Nevis**
BRENNEREI	Ben Nevis
	FORT WILLIAM, Inverness-shire PH33 6TJ
	☎ 0044-1397-702476 Fax 0044-1397-702768
MANAGER	A.W. (Colin) Ross
EIGENTÜMER	Ben Nevis Distillery (Fort William) Ltd
STATUS	In Betrieb
GRÜNDUNG	c1825
WASSER	Allt a Mhullin am Ben Nevis
	Sherry und aufgearbeitete Bourbon-Fässer
	W 2 S 2

R	☎ 0044-1397-700200
	Jan-Okt: 9.00-17.00
SONST. ATTRAKTIONEN	Imbiß
AUSZEICHNUNGEN	Empfohlen von der ASVA
BESUCHER PRO JAHR	40.000

ALTER BEI ABFÜLLUNG	26 Jahre
ALKOHOLGEHALT	Faßstärke

VERKOSTUNGSPROBE	26 Jahre, 54,6 Vol%
DUFT	Süßes, malziges Bukett. Sehr charakteristisch.
GESCHMACK	Volles festes Aroma. Leicht aromatisch mit angenehmer Fülle an Aroma.
ANMERKUNGEN	Mit einem kleinen Schuß Wasser ein äußerst angenehmer Digestif; sehr empfehlenswert. Abfüllstärke wechselt von Faß zu Faß.

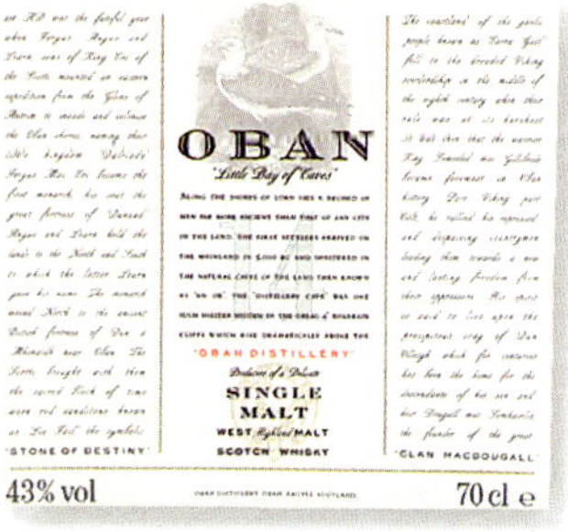

SORTE	**Oban**
BRENNEREI	Oban
	Stafford Street, OBAN, Argyll PA34 5NH
	0044-1631-562110 0044-1631-563344
MANAGER	Ian Williams
EIGENTÜMER	United Distillers
STATUS	In Betrieb
GRÜNDUNG	ca. 1794
WASSER	Loch Gleann a'Bhearraidh

R

0044-1631-564262 0044-1631-563344
Ganzjährig geöffnet. Mo-Fr: 9.30-17.00; Ostern-Okt auch Samstag.Letzte Führung 16.15.

AUSZEICHNUNGEN	Empfohlen von der ASVA
BESUCHER PRO JAHR	35.000

ALTER BEI ABFÜLLUNG	14 Jahre
ALKOHOLGEHALT	43 Vol%

VERKOSTUNGSPROBE

DUFT	Frischer Hauch von Torf.
GESCHMACK	Gutes, malziges Aroma mit weichem Abgang. Recht seidig.
ANMERKUNGEN	Ein Tropfen für jede Gelegenheit aus Sortiment *Classic Malts* von United Distillers.

Das Tiefland

Der heutige Unterschied zwischen einem Malt aus dem Tiefland und einem aus den anderen Regionen liegt nur im Geschmack; in der Vergangenheit gab es Un-terschiede in der Güte. So galten zu Ende des 18.Jahrhunderts die Destillate der abgeschieden gelegenen Brennereien des Hochlandes (waren sie nun legal oder illegal) als bekömmliche, gute handwerkliche Erzeugnisse und erfreuten sich einer großen Nachfrage auf den Märkten in den Städten, während die größeren Tiefland-Brennereien in enormen industriellen Brennblasen einen recht rauhen Whisky (nur sehr selten allein aus gemälzter Gerste) erzeugten, um sowohl die Kunden in den Städten als auch den lukrativen Londoner Markt zu versorgen. Die Einstufung der Destillate in zwei Gruppen wurde durch die legalen Brenner im Tiefland geschaffen, die aggressiv alle bestehenden gesetzlichen Vorteile für sich ausnutzten. Weiter gefördert wurde die Differenzierung durch das Ziehen der sog. 'Hochlandgrenze', die sich von Greenock am Clyde bis nach Dundee am Tay erstreckt und das Land in zwei Bereiche mit unterschiedlichen gesetzlichen Reglementierungen aufteilte und so einen Vergleich der Destillate zusätzlich erschwerte.

Die technischen Unterschiede wurden schließlich zu Beginn des 19.Jahrhunderst durch eine den Gegebenheiten besser angepaßte Gesetzgebung abgebaut, die alle Schwarzbrenner ermutigte, künftig legal zu brennen; so hatten alle Hersteller für das Brennen nunmehr die gleichen Voraussetzungen.

Durch die Schließung der Kornbrennereien Caledonian, Carsebridge, Garnheath und Cambus erinnert nur noch wenig an die Zeiten, in denen die Steins und Haigs eine der einflußreichsten Industrien Schottlands beherrschten. In jenen Tagen waren die Kornbrennereien für die wirtschaftliche Situation im Central Belt von großer Bedeutung.

Trotzdem waren bis in das späte 19.Jahrhundert die Tiefland Malt Brennereien in der Überzahl. In der abgelegenen südwestlichen Ecke verteilten sich von Stranraer bis Annan über ein Dutzend Betriebe, von denen nur die Bladnoch Brennerei noch vorhanden ist,aber sie ist – vermutlich für immer – stillgelegt. Angesichts der großen Jahrgänge, die in dieser reizenden Brennerei erzeugt wurden, ist dies sicherlich ein herber Verlust. Die Überreste zweier Brennereien bei Langholm (Glen Tarras und Langholm) und von Annandale bei Annan sind noch zu sehen, aber nur noch als Erinnerungen an eine längst vergangene Epoche. Die meisten Tiefland Malts werden im Norden des Bereiches entlang der 'Hochlandgrenze' hergestellt. Bei Glasgow liegt nördlich des Clyde

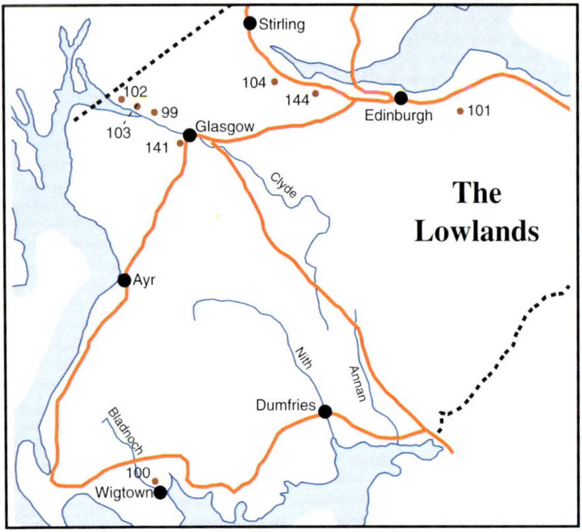

KENNZIFFER VERWEIST AUF SEITENZAHL

direkt an der A 82 zum Loch Lomond die Auchentoshan Brennerei, in der noch heute die Technik des Dreifachbrennens eingesetzt wird. Die nahegelegene, aber kürzlich geschlossene Littlemill Brennerei bei Bowling brannte bis 1930 ebenfalls dreifach. Kinclaith Malt ist noch im Handel, wenngleich die Brennerei – einst Bestandteil des Komplexes von Long Johns Strathclyde Kornbrennerei – nun nicht mehr besteht. Ein weiterer Malt in einer ähnlichen Lage ist Inverleven aus den kuriosen Lomond-Brennblasen einer Maltbrennerei innerhalb der riesigen Kornbrenne-rei von Allied Distillers in Dumbarton.

Ein weiterer dreifach gebrannter Malt wurde bei Rosebank nahe Falkirk hergestellt. Er ist ein großer Tiefland Malt, ein guter Aperitif und eine wundervolle Überraschung für jeden, der seinen ersten Malt Whisky trinkt. Es stimmt traurig, daß Rosebank eingemottet wurde und es sei zu hoffen, daß dieser feine Malt eines Tages wieder aus den Brennblasen fließt. St.Magdalene bei Linlithgow konnte diesem Schicksal ebenfalls nicht entgehen und wurde inzwischen sogar abgerissen; dieser Malt ist aber weiterhin noch im Handel in derRare Malts Selection von United Distillers.

Ein Großteil des Reichtums von Edinburgh erwuchs aus dem Brauen und Brennen, jedoch ist der Einfluß dieses Wirtschaftszweiges in der Stadt stark rückläufig. Es existiert keine Malt Brennerei mehr und alle Aktivitäten dieser Industrie beschränken sich auf die Herstellung von Kornwhisky in der North British Brennerei. Östlich der Stadt liegt jedoch bei Pencaitland die Glenkinchie Brennerei, in der Besucher schon vor langer Zeit willkommen waren. Dieser Malt ist Bestandteil der Classic Malts von United Distillers. Alle Tiefland Destillate sind als besonders geeignete Tropfen zum Kennenlernen von Malt Whisky zu empfehlen.

SORTE	**Auchentoshan**
BRENNEREI	Auchentoshan DALMUIR, Dunbartonshire G81 4SG 0044-1389-878561 0044-1389-877368
MANAGER	Stuart Hodkinson
EIGENTÜMER	Morrison Bowmore Distillers Ltd, jetzt im Besitz von Suntory
STATUS	In Betrieb
GRÜNDUNG	ca. 1800
WASSER	Kilpatrick Hills Bourbon und sherry (+ 1 zum Dreifachbrennen)
AUSZEICHNUNGEN	1992, 1994 IWSC: Goldmedaille (21 Jahre)
ALTER BEI ABFÜLLUNG	10, 21 Jahre (1972)
ALKOHOLGEHALT	Select, 10 Jahre: 40 Vol%; 21 Jahre: 43 Vol%
SONDERABFÜLLUNGEN	Select: ohne Altersangabe
EXPORTABFÜLLUNGEN	Select, 10, 21 Jahre
VERKOSTUNGSPROBE	10 Jahre
DUFT	Zarte, feine Süße
GESCHMACK	Leichte, feine Süße mit gutem Abgang.
ANMERKUNGEN	Dreifach gebrannter Malt aus einer der am leichtesten erreichbaren Brennereien Schottlands; inzwischen überall im Handel; mit Auszeichnungen.

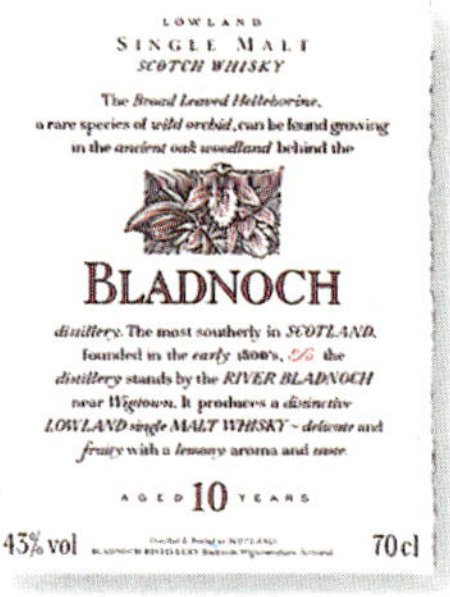

SORTE	**Bladnoch**
BRENNEREI	Bladnoch
	BLADNOCH, Wigtownshire DG8 9AB
	0044-1988-402235
EIGENTÜMER	United Distillers
STATUS	1993 eingemottet
GRÜNDUNG	1817
WASSER	Loch Ma Berry

ALTER BEI ABFÜLLUNG	10 Jahre
ALKOHOLGEHALT	43 Vol%

VERKOSTUNGSPROBE	
DUFT	Sehr leicht und fein.
GESCHMACK	Sanft, fein, aber voll und gut zu trinken.
ANMERKUNGEN	Schottlands südlichste Brennerei; ein Aperitif, außergewöhnlich als Jahrgangsabfüllung.

SORTE	**Glenkinchie**
BRENNEREI	Glenkinchie
	PENTCAITLAND, East Lothian EH34 5ET
	Tel. 0044-1875-340333 Fax 0044-1875-340854
MANAGER	Alastair Robertson
EIGENTÜMER	United Distillers
STATUS	In Betrieb
GRÜNDUNG	ca. 1837
WASSER	Lammermuir Hills

R	Tel. 0044-1875-340451 Fax 0044-1875-340854
	Mo-Fr: 09.30-16.00
SONST. ATTRAKTIONEN	Brennereimuseum mit vielen Ausstellungsstücken
BESUCHER PRO JAHR	18.000

ALTER BEI ABFÜLLUNG	10 Jahre
ALKOHOLGEHALT	43 Vol%

VERKOSTUNGSPROBE	
DUFT	Leichte,angenehme Süße.
GESCHMACK	Ausgereiftes Aroma, etwas trocken, aber dabei doch weich.
ANMERKUNGEN	Ausgezeichneter Aperitif aus der Palette der *Classic Malts* von United Distillers.

MALT	**Inverleven**
BRENNEREI	Inverleven
	DUMBARTON, Dunbartonshire G82 1ND
	0044-1389-765111 0044-1389-723081
EIGENTÜMER	Allied Distillers Ltd
STATUS	1991 eingemottet
GRÜNDUNG	1938
WASSER	Loch Lomond

VERKOSTUNGSPROBE	17 Jahre, 46 Vol%
DUFT	Zarter Hauch von Rauch.
GESCHMACK	Recht voller Körper, sanft bei abgerundetem Geschmack.
ANMERKUNGEN	Wird von Unabhängigen Abfüllern angeboten, sonst schwer zu erhalten (s.S. 155).

SORTE	**Littlemill**
BRENNEREI	Littlemill BOWLING, Dunbartonshire G60 5BG 0044-1389-874154
MANAGER	J. Peterson
EIGENTÜMER	Loch Lomond Distillery Co Ltd
STATUS	1992 eingemottet
GRÜNDUNG	1772
WASSER	Kilpatrick Hills

ALTER BEI ABFÜLLUNG	8 Jahre
ALKOHOLGEHALT	40 Vol%
EXPORTABFÜLLUNGEN	40 und 43 Vol%

VERKOSTUNGSPROBE	
DUFT	Leicht und fein.
GESCHMACK	Leichter, milder Geschmack, ein wenig abstoßend und doch anziehend zugleich.
ANMERKUNGEN	Aperitif aus einer Brennerei mit vielen interessanten, überraschenden Eigenarten; sicherlich eine der ältesten Brennereien Schottlands.

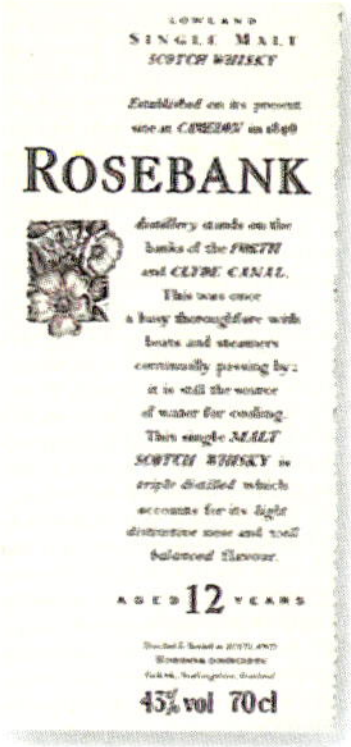

SORTE	**Rosebank**
BRENNEREI	Rosebank
	✉ Camelon, FALKIRK, Stirlingshire FK1 5BW
	☎ 0044-1324-623325
EIGENTÜMER	United Distillers
STATUS	1993 eingemottet
GRÜNDUNG	ca. 1840
WASSER	Carron Valley Stausee

ALTER BEI ABFÜLLUNG	12 Jahre
ALKOHOLGEHALT	43 Vol%

VERKOSTUNGSPROBE	
DUFT	Leicht, aber ansprechend.
GESCHMACK	Voll ausgereift, guter Geschmack mit einer annehmbaren Strenge.
ANMERKUNGEN	Dreifach gebrannter Malt, geeignet als Aperitif.

Islay

Von allen schottischen Malts sind die Islay Malts wahrscheinlich am leichtesten zu erkennen. Aber vielleicht überraschen deshalb einige aus dieser Gruppe, deren Malts Kenner zu den schwersten und schärfsten auf dem Markt zählen. Ihre auffallenden Eigenschaften verdanken sie den Herstellmethoden und dem Zusammenspiel der in dieser entlegenen Region für den Produktionsprozess verfügbaren Zutaten.

Während die Märkte des Festlandes im 18. und 19. Jahrhundert durch Hochland – und Tieflandbrennereien versorgt wurden, bedienten die Insulaner ihren heimischen Markt aus legalen wie auch illegalen Brennblasen, die auf Bauernhöfen, in Einöden im kahlen Moor oberhalb von Port Ellen und in den abgelegenen Höhlen entlang der Steilküste von Oa betrieben wurden.

Islay, bekannt als die fruchtbarste Insel in den Hebriden, hatte drei große Vorzüge für die Entwicklung der Malts: eine gute Versorgung mit Gerste (zu der Zeit als 'bere' bekannt), unerschöpfliche Vorräte an Torf und Bäche, randvoll mit weichem Wasser. Hinzu kommt die Vermutung, daß die Kunst des Brennens im 15. Jahrhundert aus Irland über Islay nach Schottland gelangte. Es ist unmöglich, Islay zu besuchen, ohne den Torf zu bemerken. Entlang der Strasse von Port Ellen über das nahezu unendliche Laggan Moore nach Bowmore erstrecken sich zu beiden Seiten die Torfstiche soweit das Auge reicht. Torf war der einzige Brennstoff, mit dem die Inselbewohner das Getreide trocknen konnten; dies war nicht nur zum Brennen, sondern auch für die Lagerung in den feuchten Jahreszeiten unentbehrlich. Nach dem Darren war die Gerste länger haltbar, und je trockener das Getreide, desto geringer war die Gefahr des Verschimmelns.

Während das Getreide im Rauche trocknet, überträgt der Torf auf die Gerste eben jenes typische Aroma, das auch beim Brennen auf den Alkohol übergeht. Diese charakteristischen Eigenschaften sind auch in den heutigen Islay Malts enthalten und lassen sich besonders bei Ardbeg, Laphroaig und Lagavulin erfahren, die nach traditioneller Art gebrannt sind.

Die anderen Islay Malt zeigen diesen typisch torfig-rauchigen

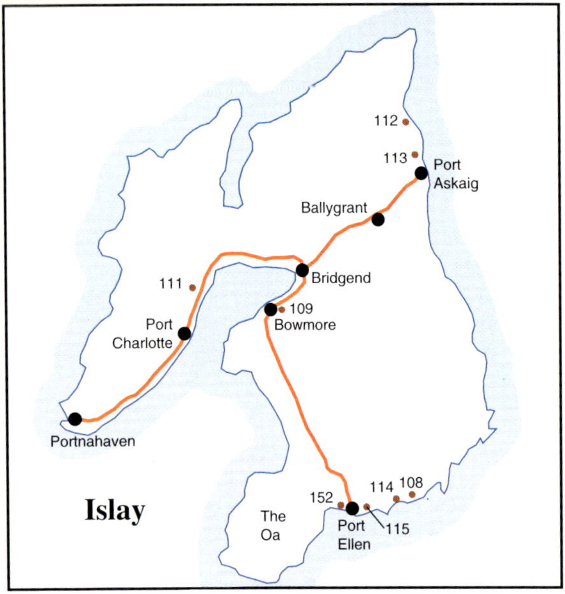

Kennziffer verweist auf Seitenzahl

Geschmack zwar weniger ausgeprägt, er ist aber trotzdem stets herauszuschmecken.

Es ist gut zu wissen, daß die Brenner auf Islay trotz der abgeschiedenen Lage der Betriebe immer Zeit für Besucher haben; einige der Brennereien sind außerdem recht hübsch gelegen. Alle haben sie eines gemeinsam – die Lage am Meerresstrand. Hierdurch haben diese Betriebe einen Zugang zum Meer und im letzten Jahrhundert bestand damit die Möglichkeit einer kostengünstigen Belieferung der Märkte auf dem Festland. Die kleinen Brennereien auf den Bauernhöfen im Inneren der Insel hatten durch die Lage höhere Kosten, waren dadurch nicht mehr konkurrenzfähig und schlossen eine nach der anderen. Man kann noch heute Überreste dieser alten Brennereien finden, so z.B. auf der Octomore Farm nahe Port Charlotte, auf der Tallant Farm oberhalb von Bowmore und auf Lossit Kennels nahe Bridgend. Von den heutigen Brennereien ist wohl Bowmore für Besucher besonders sehenswert. Es wird hier ein besonders guter Tropfen gebrannt und zusätzlich zu dem hervorragenden Besucherzentrum hat die Gemeinde Islay & Jura kürzlich in ein altes Lagerhaus ein Schwimmbad eingebaut, das durch die Abwärme der Brennerei beheizt wird.

Ardbeg – im 19. Jahrhundert das Zentrum einer großen Gemeinde

– vermittelt einen eher sachlich-nüchternen Eindruck und ist nach längerer Pause jetzt wieder in Produktion. Letzteres wird man wohl von Port Ellen nie wieder anmerken können. Die angeschlossene Großmälzerei versorgt nicht nur Lagavulin und Caol Ila mit Malz, sondern auch andere Brennereien der Insel, die nicht zu United Distillers gehören.

Gegenüber von Bowmore liegt Bruichladdich am Loch Indaal, wo - wie bei Bunnahabhain – ein leichterer Islay Malt entsteht. Diese 1881 als erste auf den Hebriden in Beton erbaute Brennerei wurde kürzlich eingemottet. Es sei zu hoffen, daß die Eigentümer für diesen angesehenen Malt mit einer besonders in Italien sehr guten Reputation keine Entwicklung wie bei Port Ellen zulassen.

Bei Port Askaig, dem Fährhafen zur Isle of Jura, finden sich Caol Ila und Bunnahabhain mit malerischem Ausblick auf die Berge von Jura. Caol Ila ist ein moderner und eindrucksvoller Betrieb, so wie man sich eben eine Brennerei vorstellt; und schon allein das Brennhaus ist sehenswert. Das Destillat, inzwischen im Handel erhältlich, ist ein ebenso guter Islay wie der Malt aus der Nachbarschaft. Bunnahabhain, erbaut 1880/81, ist für viele Kenner der Einstieg in die Islay Malts, da er weder zu schwer noch zu leicht ist. Und so bleibt er denn auch für viele der Tropfen der Wahl.

Den Islay Malts sollte man sich stets mit großer Achtung nähern, denn sie werden von den Masterblendern als essentielle Komponenten eingestuft; ohne sie bliebe nur eine stark reduzierte Palette übrig zum Komponieren von Blended Scotch, der Grundlage des weltweiten Erfolges dieses Wirtschaftszweiges.

SORTE	**Ardbeg**
BRENNEREI	Ardbeg PORT ELLEN, Islay, Argyll PA42 7DU 0044-1496-302244
MANAGER	Iain Henderson
EIGENTÜMER	Allied Distillers Ltd
STATUS	In Betrieb
GRÜNDUNG	1815
WASSER	Loch Arinambeast und Loch Uigedale Amerikanische Steineiche W S

ALTER BEI ABFÜLLUNG	10 Jahre
ALKOHOLGEHALT	40 Vol%

VERKOSTUNGSPROBE

DUFT	Herrlich torfiges Aroma mit einer Spur von Süße.
GESCHMACK	Voller Körper und köstlich mit einem ausgezeichneten, anhaltenden Abgang.
ANMERKUNGEN	Guter Digestif mit großer Anhängerschaft unter den Kennern.

SORTE	**Bowmore**
BRENNEREI	Bowmore BOWMORE, Islay, Argyll PA43 7JS 0044-1496-810441 0044-1496-810757
MANAGER	James McEwan
EIGENTÜMER	Morrison Bowmore Distillers Ltd, jetzt im Besitz von Suntory
STATUS	In Betrieb
GRÜNDUNG	ca. 1770
WASSER	River Laggan Bourbon & Sherry 2 2 Mälzen auf dem Boden

---

	0044-1496-810441 Beste Zentrum auf den Inseln. Mo-Fr: 10.00-15.30 (letzte Führung). Eintritt: Erwachsene £2, Rentner £1.
AUSZEICHNUNGEN	1992 IWSC: Best Single Malt Trophy (21 Jahre); 1994: Best Special Edition Malt (Black Bowmore)
BESUCHER PRO JAHR	8.000

ALTER BEI ABFÜLLUNG	10, 12, 15, 17, 21, 22, 25 & 30 Jahre; Legend: keine Altersangabe.
ALKOHOLGEHALT	Legend, 10 Jahre: 40 Vol%; Black Bowmore: 49 Vol%; sonstige: 43 Vol%.
SONDERABFÜLLUNGEN	Duty Free: Surf (ohne Alter) & Mariner (15 Jahre); 1995 Abfüllung von 1812 Fl. Black Bowmore (Jahrgang 1964); 22 & 25 Jahre: Keramikflaschen.

EXPORTABFÜLLUNGEN	Legend, 12, 17, 21, 22, 25 & 30 Jahre, Black Bowmore.

VERKOSTUNGSPROBE	10 Jahre
DUFT	Leicht, torfig-rauchig.
GESCHMACK	Medizinartig; mittelschwerer Islay mit sanftem Abgang.
ANMERKUNGEN	Einer der Besten der im Sherryfaß gereiften Malts - die älteren Jahrgänge sind hervorragend; das Schwimmbad in einem Lagerhaus macht Bowmore zu einem einzigartigen Erlebnis; Gesellschaft wurde 1995 zum Brenner des Jahres gekürt.

SORTE	**Bruichladdich**
	(Bru-ich-laddii)
BRENNEREI	Bruichladdich
	BRUICHLADDICH, Islay, Argyll PA49 7UN
	0044-1496-850221
EIGENTÜMER	The Whyte & Mackay Group PLC
STATUS	Eingemottet
GRÜNDUNG	1881
WASSER	Eigener Stausee
	W 2 S 2
ALTER BEI ABFÜLLUNG	10, 15 & 21 Jahre
ALKOHOLGEHALT	40 Vol%
SONDERABFÜLLUNGEN	Stillman's Dram, jetzt 26 Jahre
EXPORTABFÜLLUNGEN	10, 15 & 21 Jahre, 40 & 43 Vol%
VERKOSTUNGSPROBE	10 Jahre
DUFT	Leicht bis mittel mit ausgeprägtem Hauch von Rauch.
GESCHMACK	Anhaltender Geschmack, der die geschmackliche Vielfalt eines Islay Malt aufweist, während die schwereren Nuancen fehlen.
ANMERKUNGEN	Guter Aperitif; idealer Einstieg in die Eigenarten der Islay Malts; der Fünfzehn-jährige ist exellent.

SORTE	**Bunnahabhain**
	(Bu-na-ha-wen)
BRENNEREI	Bunnahabhain
	PORT ASKAIG, Islay, Argyll PA46 7RP
	0044-1496-840646 0044-1496-840248
MANAGER	Mr J.A. Proctor
EIGENTÜMER	The Highland Distilleries Co plc
STATUS	In Betrieb
GRÜNDUNG	1883
WASSER	Örtliche Quellen
	W 2 S 2

Besichtigung nach Voranmeldung

BESUCHER PRO JAHR	1.000

ALTER BEI ABFÜLLUNG	12 Jahre
ALKOHOLGEHALT	40 Vol%
EXPORTABFÜLLUNGEN	43 Vol%

VERKOSTUNGSPROBE	
DUFT	Ausgeprägter Charakter mit blumigem Aroma.
GESCHMACK	Erinnert nicht an einen typischen Islay Malt, aber trotzdem ein herrlich ausgereifter Geschmack.
ANMERKUNGEN	Ein beliebter Digestif, besonders in Frankreich und USA.

SORTE	**Caol Ila**
	(Koal-ila)
BRENNEREI	Caol Ila
	PORT ASKAIG, Islay, Argyll PA46 7RL
	0044-1496-840207 0044-1496-840660
MANAGER	Mike Nicolson
EIGENTÜMER	United Distillers
STATUS	In Betrieb
GRÜNDUNG	1846
WASSER	Loch Nam Ban
	W 3 S 3

	Besichtigung nach Voranmeldung.
SONST. ATTRAKTIONEN	Der Blick vom Brennhaus hinüber nach Jura!
BESUCHER PRO JAHR	2.000

ALTER BEI ABFÜLLUNG	15 Jahre
ALKOHOLGEHALT	43 Vol%

VERKOSTUNGSPROBE	
DUFT	Leicht, frisch mit einer Spur von Torf.
GESCHMACK	Guter Körper mit vollem Aroma. Weicher Abgang. Nicht so schwer wie einige andere Islay Malts.
ANMERKUNGEN	Beliebter Digestif. Sherryfaß-Abfüllungen sind hervorragend.

SORTE	**Lagavulin**
	(Lagga-wulin)
BRENNEREI	Lagavulin
	PORT ELLEN, Islay, Argyll PA42 7DZ
	0044-1496-302400 0044-1496-302321
MANAGER	Mike Nicolson
EIGENTÜMER	United Distillers
STATUS	In Betrieb
GRÜNDUNG	1816 auf einem Gelände, auf dem bereits seit 1784 gebrannt wurde
WASSER	Solum Lochs
	W 2 S 2

	0044-1496-302250
	Besichtigung nach Voranmeldung
SONST. ATTRAKTIONEN	Nahegelegene Ruine der Macdonald Festung Dun Naomhaig (Dunn-aaweg)
BESUCHER PRO JAHR	2.000

ALTER BEI ABFÜLLUNG	16 Jahre
ALKOHOLGEHALT	43 Vol%

VERKOSTUNGSPROBE	
DUFT	Schwer, kräftig, Torfraucharoma. Unverwechselbar.
GESCHMACK	Robuster kräftiger Körper, gut ausbalanziert und weich mit einem Hauch von Süße im Geschmack.
ANMERKUNGEN	Einer der *Classic Malts* von United Distillers. Bemerkenswerter Islay Malt und ein guter Tropfen zum Abrunden eines kräftigen Essens.

SORTE	**Laphroaig**
	(La-froaig)
BRENNEREI	Laphroaig
	PORT ELLEN, Islay, Argyll PA42 7DU
	0044-1496-302418 0044-1496-302496
MANAGER	Iain Henderson
EIGENTÜMER	Allied Distillers Ltd
STATUS	In Betrieb
GRÜNDUNG	1815
WASSER	Kilbride Dam
	Kentucky Bourbon
	W 3 S 4
	Mälzen auf dem Boden
R	Besichtigung nur nach Voranmeldung. Verkauf von Souvenirs.
AUSZEICHNUNGEN	By Appointment to H.R.H. Prince of Wales. 1994: Queen's Award for Export Achievement; 1993 IWSC: Goldmedaille (10 Jahre)
BESUCHER PRO JAHR	3.500
ALTER BEI ABFÜLLUNG	10, 15 Jahre
ALKOHOLGEHALT	40 Vol%
SONDERABFÜLLUNGEN	Duty free: Jahrgang 1977, 43 Vol%
EXPORTABFÜLLUNGEN	43 Vol%.
VERKOSTUNGSPROBE	10 Jahre
DUFT	Unverwechselbar. Medizinartig, sehr ausgeglichen, torfig-rauchig.
GESCHMACK	Voll Charakter, kräftiger torfiger Islay-Geschmack mit einer herrlichen Spur von Süße; offenbart die Nähe der Brennerei zur See.
ANMERKUNGEN	Digestif aus einer malerisch gelegenen Brennerei; sehr beliebt.

Campbeltown

Dufftown könnte den Anspruch erheben, die Whisky-Metropole Schottlands zu sein, aber in der Mitte des letzten Jahrhunderts gab es aber nur einen Ort, der das Recht auf diese Bezeichnung hatte - Campbeltown. Auf der Windschattenseite des Mull of Kintyre gelegen, wurde diese Stadt vor gut hundert Jahren förmlich vom Destillat Whisky überflutet. Als Alfred Barnard 1886 sein wunderbares Buch - *Die Whisky Brennereien des Vereinigten Königreiches* - zusammenstellte, berichtete er von nicht weniger als 21 produziernden Brennereien in und um Campbeltown.

Aufzulisten waren Hazelburn (gegründet 1836), Benmore (1868), Springbank (1828), Dalintober (1832), Ardlussa (1879), Dalaruan (1824), Lochead (1824), Glen Nevis (1877), Kinloch (1823), Burnside (1825), Albyn (1830), Glengyle (1873), Lochruan (1835), Scotia (1832), Kintyre (ca.1826), Rieclachan (1825), Glenside (1830), Longrow (1824), Argyll (1844), Campbeltown (1815) und Springside (1830).

Diese Vielzahl von Betrieben war fast wie ein Rückfall in die Zeiten, da das Schwarzbrennen in dieser Gegend sehr verbreitet war und weder von den Landbesitzern noch vom Gesetz völlig unterdrückt werden konnte. Ein lokales Kohlevorkommen erschien ideal als billige Brennstoffquelle, doch die schnelle Erschöpfung des Lagers wirkte sich fatal aus; der Zusammenbruch der Nachfrage nach Whisky am Ende des Victorianischen Zeitalters zog in Campbeltown den Niedergang der Whisky-Industrie nach sich. Die traurige Erinnerung an die einstige Blüte dieser Industrie in der Stadt wird heute von nur noch zwei Brennereien getragen: Glen Scotia und Springbank, von denen zur Zeit nur Springbank produziert und zwar zwei unterschiedliche Malts.

Es wäre nicht richtig, den Beitrag von Campbeltown zum Brennen von Malt zu vergessen, wenngleich nicht zu erwarten ist, daß weitere Brennereien wieder an diesem Ort in Betrieb gehen werden. Die Malts dieser Stadt ähneln mit ihrem einzigartigen Aroma den Destillaten von Islay. Dies trifft insbesondere für Longrow zu, hergestellt nach altüberlieferter Rezeptur. Seine Eigenschaften unterscheiden ihn deutlich vom anderen Malt dieser Brennerei, dem Springbank, der weicher und eleganter ist. Dieser Durchbruch ist ein Verdienst eben der Familie, in deren Besitz die Brennerei von Anbeginn war und die stets auf Qualität geachtet hat. Als Barnard die Stadt besuchte, notierte er sich '...der Sonntag in Campbeltown wird auf seine jüdische Länge ausgedehnt, und es ist ein Tag der Buße und der düsteren Stimmung... und es wird gesagt, daß es in der Stadt ebenso viele Gotteshäuser wie Brennereien gibt.' Seine Anmerkungen, so frech sie auch sein mag, ist wichtig, gibt sie doch ein genaues Bild des 'Goldenen Zeitalters' des Brennens in Schottland - einer Zeit, in der wir ungern würden leben wollen. Der Niedergang von Campbeltown zeigt uns wieder einmal deutlich die Unbeständigkeit von Absatzmärkten.

Als Stadt ist Campbeltown recht hübsch gelegen. Die abgeschiedene Lage gibt den Einwohnern eine gewisse Ruhe vor dem Hauptstrom der Touristen der Sommersaison; doch eine Reise in diesen Teil der Erde lohnt immer den Abstecher den Mull of Kintyre entlang. Als Erinnerung bleibt der Eindruck einer Stadt des Fischfangs und des Handels; doch auch die Namen der alten Brennereien finden sich in zahlreichen Ortsbezeichnungen wieder - Ardlussa, Lochruan, Dalintober, etc. Genießen Sie diese Eindrücke ebenso wie Sie ein Glas Malt in dieser malerischen Umgebung probieren sollten; wie stets betont, schmeckt ein Malt besonders in geeigneter Umgebung. Probieren Sie dieses Rezept in Campbeltwon aus.

SORTE	**Glen Scotia**
BRENNEREI	Glen Scotia
	✉ 12 High Street, CAMPBELTOWN
	Argyll PA28 6DS
	✆ 0044-1586-552288
MANAGER	J. Peterson
EIGENTÜMER	Loch Lomond Distillery Co Ltd
STATUS	1994 eingemottet
GRÜNDUNG	1832
WASSER	Campbeltown Loch

ALTER BEI ABFÜLLUNG	14 Jahre
ALKOHOLGEHALT	40 Vol%
EXPORTABFÜLLUNGEN	43 Vol%

VERKOSTUNGSPROBE	
DUFT	Ausgeprägtes Aroma mit einem Anflug von Rauch; fein und süß.
GESCHMACK	Leicht für einen Campbeltown Malt; Spur von Torf mit gutem Abgang.
ANMERKUNGEN	Aperitif; in der Tat, ein wirklich guter Tropfen für jedem Anlaß.

SORTE	**Longrow**
BRENNEREI	Springbank ✉ CAMPBELTOWN, Argyll PA28 6ET ☎ 0044-1586-552085 Fax 0044-1586-553215
MANAGER	John C.A. McDougall
EIGENTÜMER	J & A Mitchell & Co Ltd
STATUS	In Betrieb
GRÜNDUNG	1824
WASSER	Crosshill Loch Fass: Whisky, Bourbon & Sherry W S 2 Mälzen auf Böden

---

VERKOSTUNGSPROBE	1974, 46 Vol%
DUFT	Torfiges, medizinartiges Aroma.
GESCHMACK	Gut ausgereift, mit einer Spur von Süße; ein kräftiger malziger Geschmack, der langsam verfliegt; fast ein Islay Malt.
ANMERKUNGEN	Gebrannt bei Springbank nur unter Verwendung von über Torf getrockneter gemälzter Gerste; dies führt zu einem stark-torfigen Malt Whisky; ein Getränk für Kenner aus der Abfüllung eines Faßes des Jahrganges 1973; für 1997 wird die Abfüllung eines zehnjährigen Longrow angekündigt.

SORTE	**Springbank**
BRENNEREI	Springbank
	CAMPBELTOWN, Argyll PA28 6ET
	0044-1586-552085 0044-1586-553215
MANAGER	John C.A. McDougall
EIGENTÜMER	J & A Mitchell & Co Ltd
STATUS	In Betrieb
GRÜNDUNG	1828
WASSER	Crosshill Loch
	Whisky, Bourbon & Sherry
	W S 2
	Mälzen auf Böden

ALTER BEI ABFÜLLUNG	15, 21, 25 & 30 Jahre
ALKOHOLGEHALT	46 Vol%
SONDERABFÜLLUNGEN	5 Jahre

VERKOSTUNGSPROBE	21 Jahre
DUFT	Ausgeprägtes, kräftiges Aroma mit leichter Süße.
GESCHMACK	Gut ausgereift, voll Charme und Eleganz; der Traum eines jeden Malttrinkers.
ANMERKUNGEN	Ein zuverläßlicher Klassiker für den Liebhaber von Malt; vorzüglicher Digestif; als Originalabfüllung im Handel.

Die Inseln

Neuere archäologische Funde auf der Insel Rhum lassen vermuten, daß die Einheimischen der Braukunst bereits mächtig waren, lange bevor man den Iren zeitlich die Einführung ihrer schottischen Vetter in die Kunst des Brennens zuschreibt. Wm. Grant & Sons Ltd (Hersteller von Balvenie, Glenfiddich & Kininvie) haben das von Wissenschaftlern aus Einritzungen in Tonscherben rekonstruierte 4.000 Jahre alte Rezept nachzuvollzogen. Das aus ortsüblichen Pflanzen, Gräsern und anderer Vegetation hergestellte Gebräu erwies sich als wenig ausgereift, war aber – wie alle guten Getränke – besser nach Gewöhnung. Die letzten zwei Jahrhunderte haben die Welt langsam, aber sicher mit Scotch vertraut gemacht; doch nun können wir auch Anspruch auf eine wesentliche Rolle in der historischen Entwicklung der Brennkunst erheben und für den heutigen Besucher Schottlands findet sich diese Vergangenheit wieder in den Brennereien mit der landschaftlich schönsten Lage der Welt.

Eine neueste Erweiterung der Gruppe der Insel Malts erfolgte durch die Arran Brennerei bei Lochranza, die gerade in Betrieb gegangen ist. Zwar müssen wir noch einige Jahre zur Beurteilung dieses Malts warten, aber es ist ein positives Zeichenl in einem hart umkämpften Markt, daß die Eigner und Förderer das Projekt durchgezogen haben. Ein Besucherzentrum ist im Entstehen und so wird ein Besuch dieser überwältigenden Insel erst mit der Verkostung des Malts in Lochranza abgerundet.

Bedingt einerseits durch die Lage, andererseits durch die Zielvorgabe in Geschmack und Aroma durch die Eigner der Brennereien entstehen Insel Malts mit recht unterschiedlichen Eigenschaften. Zum Beispiel Jura von der Insel nördlich von Islay kann heute fast als ein Hochland Whisky eingestuft werden, während er im letzten Jahrhundert in den Eigenschaften sehr den Nachbarn von Islay glich.Ursächlich hierfür ist, daß die 1901 geschlossene Brennerei 1963 mit einer von W. Delmé-Evans entworfenen völlig neuen Geräteausstattung wieder in Betrieb ging. Er baute Brennblasen vom Hochlandtyp ein und verwendete nur noch leicht getorftes Malz. Auch die Tobermory Brennerei wurde im Laufe der Jahre ähnlich umgebaut und erzeugte bis zur

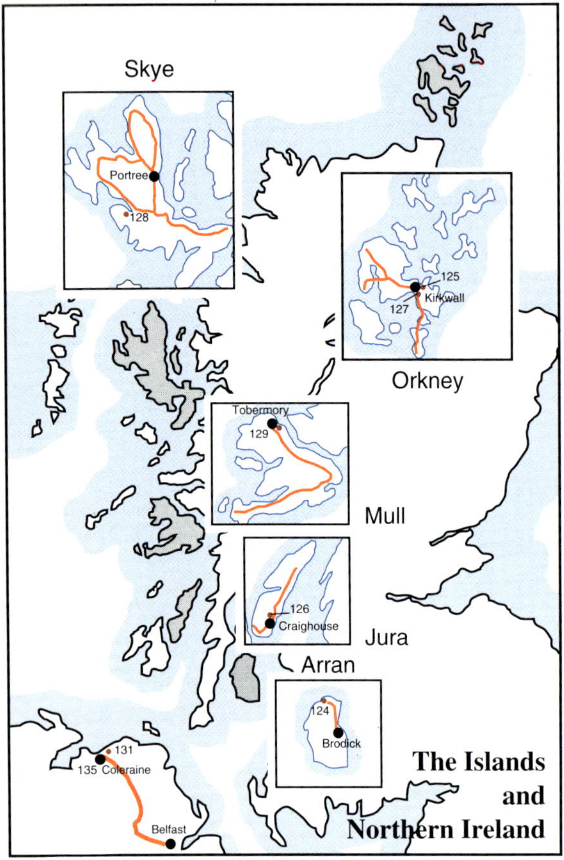

Kennziffer verweist auf Seitenzahl

Stillegung im Jahre 1980 unter dem Namen Ledaig unterschiedliche Destillate. Seit Mai 1990 ist diese Anlage nun erneut in Betrieb und die kürzlich erfolgte Übernahme durch Burn Stewart Distillers plc scheint die künftige Existenz zu sichern.

Auf Skye ist ein mehr traditioneller Geschmack zu finden; Talisker ist einer der Giganten unter den Malts. Er ist in jeder Beziehung ein 'großer' Whisky mit einem sich schlagartig auf der Zunge entfaltenden Geschmack und einer wunderbaren, torfigen Süße im Geruch. Die Brennerei hat sich zwar erheblich verändert, aber es finden sich noch immer zahlreiche Relikte der alten Gerätschaften der Brennkunst des

18. und 19. Jahrhunderts, So sind noch die schwanenhals-förmigen Rohre zu sehen, die außerhalb der Wand des Brennhauses in die hölzernen, wassergespeisten Kühler führen - die gleiche Technik, die einst die Schwarzbrenner einsetzten.

Ohne Berücksichtigung des ungetesteten Destillates von Arran ist der Geschmack von Talisker aus den Insel - und Westlichen Malts wohl am Klarsten zu erkennen und Talisker wird sich durch die Aufnahme in die Auswahl der Classic Malts der United Distillers zusätzlich profilieren können.

Orkney ist mit zwei sehr guten Malts der nördlichste Außenposten der Produktion von schottischem Whisky. Während Highland Park noch in Betrieb ist, wurde Scapa 1993 eingemottet.

Als Ausgleich für dieses Schrumpfen von Brennaktivitäten kann der Erfolg der Orkney Brauerei angesehen werden, die in jüngster Zeit expandierte und nun erfolgreich das Festland mit Biersorten von entzückender Namensgebung wie Dragonhead Stout (Drachenkopf Bier) und Skullsplitter (Schädelspalter) beliefert. Wenn nun aber eine unabhängige Brauerei in einer solch exponierten Lage nicht nur aufgebaut werden, sondern auch noch erfolgreich sein kann, erhebt sich dann nicht auch die Frage, ob nicht auch eine unabhängige Brennerei auf Orkney ebenso erfolgreich betrieben werden könnte? Zweifler dieser These seien an die Brennerei auf Arran verwiesen! Die Brenner auf den Inseln waren stets stark und engagiert und haben hart um das Überleben gekämpft. Nachdem Arran nun produziert und Tobermory wieder in den Kreis der Familie zurückkehrte, erleben wir vielleicht auch das Wiederanfahren von Brennkapazitäten auf den Hebriden bis zum Ende dieses Jahrtausends.

MALT	**Arran**
BRENNEREI	Arran LOCHRANZA, Arran, Argyll KA27 8HJ 0044-1770-830264
MANAGER	Gordon Mitchell
EIGENTÜMER	Isle of Arran Distillers Ltd
STATUS	In Betrieb
GRÜNDUNG	1995
WASSER	Eason Biorach (Gebirgsbach) W 3 S 2

Ab Ostern 1966: Mo.-So: 10.00-18.00. Im Winter, sowie für größere Gruppen: tel. Anmeldung.

VERKOSTUNGSPROBE	Noch nicht erhältlich.

SORTE	**Highland Park**
BRENNEREI	Highland Park KIRKWALL, Orkney KW15 1SU 0044-1856-873107 0044-1856-876091
MANAGER	Mr W.J. Morgan
EIGENTÜMER	The Highland Distilleries Co plc
STATUS	In Betrieb
GRÜNDUNG	1798
WASSER	Cattie Maggie's Spring 2 2 Mälzen auf Böden

	0044-1856-874619 0044-1856-876091 Apr-Okt, Mo-Fr: 10.00-17.00 (letzte Führung 16.00); Juli-Aug zusätzl. Sa-So: 12.00-17.00; Nov/Dez & März: Führungen um 14.00 & 15.30; Jan-Feb geschlossen: Führungen nur nach Voranmeldung.
SONST. ATTRAKTIONEN	Die traditionellen Mälzböden
BESUCHER PRO JAHR	16.000

ALTER BEI ABFÜLLUNG	12 Jahre
ALKOHOLGEHALT	40 Vol%
SONDERABFÜLLUNGEN	Jahrgang 1967, 43 Vol%
EXPORTABFÜLLUNGEN	43 Vol% für einige Länder

VERKOSTUNGSPROBE	
DUFT	Voller Charakter – angenehm, anhaltend und rauchig.
GESCHMACK	Gut ausgeglichenes Aroma; feiner trockener Abgang.
ANMERKUNGEN	Ein ausgezeichneter Digestif aus Schottlands nördlichster Brennerei.

SORTE	**Isle of Jura**
BRENNEREI	Isle of Jura
	Craighouse, JURA, Argyll PA60 7XT
	0044-1496-820240 0044-1496-820344
MANAGER	Willie Tait
EIGENTÜMER	The Whyte & Mackay Group PLC
STATUS	In Betrieb
GRÜNDUNG	ca. 1810; rekonstruiert 1960-3
WASSER	Loch A'Bhaile Mhargaidh (oder Market Loch)
	Amerikanische Weiße Eiche und zu einem geringen Anteil Oloroso Sherry
	W 2 S 2

Besichtigungen nach Voranmeldung

ALTER BEI ABFÜLLUNG	10 Jahre
ALKOHOLGEHALT	40 Vol%
SONDERABFÜLLUNGEN	Stillman's Dram: z.Zt. 26 Jahre
EXPORTABFÜLLUNGEN	43 Vol%

VERKOSTUNGSPROBE	10 Jahre
DUFT	Sanft mit feiner Spur an Torf, trocken und herb.
GESCHMACK	Gut ausgereift; voller, aber zarter Geschmack; guter, anhaltender Charakter.
ANMERKUNGEN	Fast ein Hochland Malt; geschaffen von W.Delmé-Evans; ein Getränk für jeden Anlaß.

MALT	**Scapa**
BRENNEREI	Scapa
	KIRKWALL, Orkney KW15 1SE
	0044-1856-872071 0044-1856-876585
MANAGER	R.S. MacDonald
EIGENTÜMER	Allied Distillers Ltd
STATUS	1993 eingemottet
GRÜNDUNG	1885
WASSER	Kingro Burn und örtliche Quellen
	Bourbon

VERKOSTUNGSPROBE	1983, 40 Vol%
DUFT	Ansprechendes, aromatisches Bukett von Heide und Torf.
GESCHMACK	Ausgewogener Korpus mit malzigem, seidenartigem Abgang; angenehmes intensives Aroma.
ANMERKUNGEN	Digestif; nur bei Unabhängigen Abfüllern erhältlich (s.S.155); im Ersten Weltkrieg rettete die Marine Scapa vor einer Zerstörung durch Feuer.

SORTE	**Talisker**
BRENNEREI	Talisker
	CARBOST, Skye IV47 8SR
	0044-1478-640203 0044-1478-640401
MANAGER	Mike Copland
EIGENTÜMER	United Distillers
STATUS	In Betrieb
GRÜNDUNG	1830-33
WASSER	Cnoc-nan-Speireag (Hawkhill)
	W 2 S 3

	Apr-Juni, Mo-Fr: 9.00-16.30; Juli-Aug, Mo-Sa: 9.00-16.30; Sept-Okt, Mo-Fr: 9.00-16.30; Nov-März, Mo-Fr: 14.00-16.30. Besuchergruppen nur nach Voranmeldung.
SONST. ATTRAKTIONEN	Zwei Yachthäfen mit Blick auf die schwanenhalsförmigen Brennblasen und die Kühler außerhalb des Brennhauses.
AUSZEICHNUNGEN	Empfohlen von der ASVA
BESUCHER PRO JAHR	40.000

ALTER BEI ABFÜLLUNG	10 Jahre
ALKOHOLGEHALT	45.8 Vol%

VERKOSTUNGSPROBE	
DUFT	Schwer, süß und voll.
GESCHMACK	Schwer, süß und voll.
ANMERKUNGEN	Hervorragender Digestif aus der Palette der *Classic Malts* der United Distillers; einer der Besten.

SORTE	**Tobermory**
BRENNEREI	Tobermory
	TOBERMORY, Mull, Argyll PA75 6NR
	0044-1688-302645 0044-1688-302643
MANAGER	Ian Macmillan. Ass: Alan McConnochie
EIGENTÜMER	Burn Stewart Distillers plc
STATUS	In Betrieb
GRÜNDUNG	1798
WASSER	Firmeneigener See
	Amerikanische und Spanische Eiche
	2 2

	0044-1688-302647 0044-1688-302643
	Ostern-Sept: Mo-Fr: 10.00-17.00
BESUCHER PRO JAHR	8.000

ALTER BEI ABFÜLLUNG	Ohne Altersangabe
ALKOHOLGEHALT	40 Vol%

VERKOSTUNGSPROBE	
DUFT	Feine, aber ausgeprägte Süße,bei einem weichen, angenehmen Hintergrund.
GESCHMACK	Gut, leichter bis mittlerer Geschmack; weiches Aroma; süße Nuancen in guter Balance; Abgang mit einem Hauch von Rauch.
ANMERKUNGEN	Beliebter Insel Malt aus ungeräucherter Gerste. Auch noch im Handel aus angeräucherter Gerste als Ledaig (1974, 43 Vol%). (s.S. 155)

Nordirland

Das Whiskeybrennen erfolgt in der Provinz Ulster heute nur noch bei Bushmills im County Antrim, doch einst war diese Kunst hier durchaus verbreitet; Zeugen dieser Vergangenheit finden sich noch heute in Flaschenabfüllungen. Wer zum Beispiel gut 1.000.–. DM oder etwas mehr übrig hat, kann eine der letzten Flaschen eines 34 jährigen Coleraine Single Malt aus der gleichnamigen Brennerei erwerben, die die Herstellung von Malt Whiskey 1964 einstellte.

Irischer Whiskey wird aus einer Maische gebrannt, die sowohl gemälzte wie ungemälzte Gerste enthält. Der Hauptunterschied zum Scotch Malt liegt aber in der Anzahl der Brennschritte; während Scotch nur in Ausnahmen (Springbank, Auchentoshan) dreimal gebrannt wird, ist dies bei Irish Whiskey stets der Fall. Hierdurch entsteht zwangsläufig ein Destillat mit einem geringeren Anteil an Fuselölen und anderen Komponenten, die dem Scotch Malt einen komplexeren Charakter verleihen. Doch auch das Dreifachbrennen liefert einen Whisky von hoher Qualität, wie der zehnjärige Bushmills beweist. Ein Fünfjähriger wird in Italien verkauft. Unter all den Bushmills Malts, die noch auf eine Abfüllung warten, befindet sich auch die Jahrtausendabfüllung (Millenium Malt), der zur Jahrtausendwende im Alter von 19 Jahren auf den Markt kommen soll. Er kann bereits jetzt vorbestellt werden.

Die Brennerei ist gut auf den Besuch von Whiskeyliebhabern eingestellt. Sie liegt an der atemberaubenden Küste von Antrim mit Blick über den North Channel hin nach Schottland. Es ist dies der Meeresarm, über den die Geheimnisse des Brennens vor vielen Jahrhunderten nach Schottland gelangten. Dieser historische Hinweis ist vielleicht interessanter als die Tatsache, daß die Brennerei ihre erste Brennlizenz am 20. April 1608 erhielt. Jedoch kann auf dem Betriebsgelände auf eine bis 1276 reichende Brenntradition zurückgeblickt werden. Ungeachtet der Entdeckungen auf Rhum steht wohl außer Zweifel, daß die Schotten einen Großteil ihrer Brennkunst den irischen Vettern verdanken.

Ergänzend sei darauf hingewiesen, daß die Errichtung einer weiteren Brennerei – wenngleich bei Dundalk in der Republik Irland - bedeutet, daß mit The Tyrconnell ein weiterer Irish Malt Whiskey auf den Markt kommt.

SORTE	**Bushmills**
BRENNEREI	Old Bushmills
	BUSHMILLS, Co. Antrim BT57 8XH
	0044-1265-731521 0044-1265-731339
MANAGER	Mr Frank McHardy
EIGENTÜMER	Irish Distillers Group Ltd
STATUS	In Betrieb
GRÜNDUNG	1608
WASSER	St Columb's Rill
	Vorwiegend Bourbon & Sherry
	W 4 S 5

R	0044-1265-731521 0044-1265-731339 Sehr beliebt, daher tel. Anmeldung ratsam. Mo-Do: 9.00-12.00, 13.30-16.00. Im Sommer, Fr: 9.00-16.00, Sa: 10.00-16.00.
SONST. ATTRAKTIONEN	Giant's Causeway und Dunluce Castle liegen in der Nähe.
AUSZEICHNUNGEN	1986 & 1991: Queen's Award for Export Achievement; 1995 IWSC: Goldmedaille (10 Jahre)
BESUCHER PRO JAHR	70.000

ALTER BEI ABFÜLLUNG	10 Jahre
ALKOHOLGEHALT	40 Vol%
SONDERABFÜLLUNGEN	16, 19 Jahre. Duty-free: 10 Jahre; 43 Vol%
EXPORTABFÜLLUNGEN	5 Jahre in Italien; sonst 10 Jahre; 43 Vol%

VERKOSTUNGSPROBE	10 Jahre
DUFT	Angenehmes, süßes Bukett mit Spuren von Sherry, Vanille und Honig.
GESCHMACK	Weich und malzig durch das Dreifachbrennen; dies und das Fehlen von Torf ergeben eine angenehme Vereinigung von Aromen.
ANMERKUNGEN	Digestif aus der ältesten lizensierten Brennerei der Welt.

Verschwundene Brennereien

Die nachstehenden Brennereien sind nicht mehr in Betrieb, weil sie entweder nicht mehr bestehen oder aber geschlossen wurden ohne die geringste Aussicht auf eine Wiederinbetriebnahme. Das Destillat ist meist noch aus verschiedenen Quellen erhältlich und mit entsprechender Etikettierung (z.B. Rare Malts Selection) geben die Eigentümer auch offizielle Abfüllungen heraus.

Die erste Gruppe besteht aus Brennereien, die schlichtweg nicht mehr vorhanden sind. In einigen Fällen bestehen zwar noch Überreste des Betriebes (St. Magdalene bei Linlithgow), jedoch sind die Malts für immer verschwunden.

Die zweite Gruppe benennt die Brennereien, die zwar noch bestehen, aber nur als leere Gebäude, die auf einen anderen Verwendungszweck warten. Sie werden nie wieder die Produktion aufnehmen.

Im vergangenen Jahrhundert war die Ursache für das Stillegen oder Schließen einer Brennerei immer in der Abhängigkeit der Whisky-Industrie vom Wechselspiel von Angebot und Nachfrage zu suchen. Meist befanden sich diese Brennereien im Besitz von Unternehemen, denen bei sinkender Nachfrage für die betreffenden Sorten die bestehenden Vorräte in den Lagern als zu groß erschienen. Zur Senkung der laufenden Kosten wurden diese Brennereien stillgelegt und dadurch die anfallenden Kosten für Produktion und Verwaltung drastisch minimiert und die Lagervorräte durch Abverkauf reduziert.

Geschlossen wurden in einer solchen Situation natürlich zuerst die Brennereien in abgeschiedener Lage, mit wenig bekanntem Namen oder die beim Herstellen von Blended Scotch nur eine untergeordnete Rolle spielten; also die Sorten, die nicht den Ruf, den Namen eines Malts besaßen, für die Blender für das Herstellen ihrer Marken an Blended Scotch unentbehrlich zu sein.

Viele dieser Brennereien waren schlecht ausgerüstet oder ihnen fehlte eine gute Verkehrsanbindung. Weiterhin waren Schließungen das direkte Ergebnis von Firmenübernahmen oder erfolgten durch den aus wirtschaftlichen Gründen notwendigen Zusammenschluß zu größeren Produktionseinheiten. Einerseits führte dies zu einer Stärkung im

Exportgeschäft und zu einer Gewinnoptimierung für die Eigner und die Aktieninhaber, aber andererseits verringerte sich dadurch die Anzahl der whiskyherstellenden Regionen in Schottland. Es besteht auch der Eindruck, daß die kürzliche Welle von Stillegungen und Schließungen von den Kostenrechnern in den Unternehmen ausgelöst wurde.

Eine Brennerei, über die ich gerne in diesem Kapitel schreibe, ist Lochside in Montrose. Viele Jahre war es sehr schwierig, eine Probe des Destillates oder Informationen über den Betrieb zu erhalten. Aber durch die freundliche Zuarbeit des Managers Charles Shawe erhielt ich inzwischen sowohl eine Probe zum Verkosten wie auch Angaben zur Brennerei selbst. Zwar wechselte kürzlich der Eigentümer und der Betrieb ist nun im Besitz der Allied Distillers, aber dennoch ging der Kontakt zum Vorbesitzer nicht verloren. Ursächlich hierfür ist die kürzliche Verschmelzung von Allied Distillers und der Domecq Sherry Gruppe zur neuen Firmierung als Allied-Domecq. Wenn nicht ein Wechsel in der Firmenphilosophie gegenüber der Lochside Brennerei eintritt, so wird diese Anlage wohl nie wieder in Betrieb gehen. Aber es gibt möglicherweise einen Hoffnungsschimmer. Sollte also doch eine Wiederinbetriebnahme erfolgen, so könnte dies das glückliche Ende einer Entwicklung sein, der manch denkwürdiger Tropfen zum Opfer fiel.

Es stimmt mich traurig, daß eine Stadt wie Inverness früher drei Brennereien mit bemerkenswerten Destillaten vorweisen konnte, von denen heute nicht eine mehr existiert.

EHEMALIGE BRENNEREIEN

SORTE	**Banff**
BRENNEREI	Banff ✉ BANFF, Banffshire
STATUS	1983 geschlossen; wird nicht wieder in Betrieb gehen.
GRÜNDUNG	1863

VERKOSTUNGSPROBE	1974, 40 Vol%
DUFT	Sehr leicht mit einer Spur von Rauch.
GESCHMACK	Leicht brennend; trotz des ein wenig feurigen Abgangs ein guter Tropfen.
ANMERKUNGEN	Ein seltener Tropfen einer Brennerei, die in den Jahrgangsabfüllungen weiterlebt.(s.S. 153.)

SORTE	**Coleraine**
BRENNEREI	Coleraine
	COLERAINE, Co. Antrim
STATUS	1964 geschlossen; existiert nicht mehr.
GRÜNDUNG	1820

ALTER BEI ABFÜLLUNG	34 Jahre
ALKOHOLGEHALT	57,1 Vol%

VERKOSTUNGSPROBE	Keine Probe erhältlich.
ANMERKUNGEN	Da von diesem Destillat nur noch wenige Flaschen vorhanden sind, die vermutlich alle in Sammlerkreisen verschwanden, konnte ich bislang keine Probe dieses Malts verkosten. Zweifelsohne ein Teil der Geschichte der Brennkunst in Ulster.

MALT	**Glen Albyn**
BRENNEREI	Glen Albyn
	INVERNESS, Inverness-shire
STATUS	1983 geschlossen; 1986 abgerissen.
GRÜNDUNG	ca. 1846

VERKOSTUNGSPROBE	20 Jahre, 46 Vol%
DUFT	Leicht und rauchig; angenehm.
GESCHMACK	Gut abgerundet, rauchig mit vollem Abgang.
ANMERKUNGEN	Nun ein Sammlerobjekt. (s.S. 154.)

MALT	**Glen Mhor**
BRENNEREI	Glen Mhor INVERNESS, Inverness-shire
STATUS	1983 geschlossen; 1986 abgerissen.
GRÜNDUNG	1892

VERKOSTUNGSPROBE	8 Jahre, 40 Vol%
DUFT	Leicht, süßer Duft.
GESCHMACK	Leichter Körper mit leicht trockenem Abgang.
ANMERKUNGEN	Ein weiteres Sammlerobjekt. (s.S. 154.)

MALT	**Glenugie**
BRENNEREI	Glenugie PETERHEAD, Aberdeenshire
STATUS	1983 geschlossen; nicht mehr vorhanden.
GRÜNDUNG	ca. 1831

VERKOSTUNGSPROBE	20 Jahre, 46 Vol%
DUFT	Spur von reifer Frucht.
GESCHMACK	Anfängliche Spur von Süße, kräftig, malzig, aber schneller, trockener Abgang.
ANMERKUNGEN	Aperitif, aber selten. (s.S. 155.)

MALT	**Glenury-Royal**
BRENNEREI	Glenury-Royal STONEHAVEN, Kincardineshire
EIGENTÜMER	United Distillers
STATUS	1985 geschlossen; wird nicht wieder in Betrieb gehen.
GRÜNDUNG	ca. 1825
WASSER	Cowie Water

ALTER BEI ABFÜLLUNG	12 Jahre
ALKOHOLGEHALT	40 Vol%

VERKOSTUNGSPROBE	
DUFT	Leichter Hauch von Rauch mit trockenem Aroma.
GESCHMACK	Leichter Körper mit einem trockenen, rauchigen Abgang.
ANMERKUNGEN	Guter Malt für Einsteiger; geeignet als Aperitif.

MALT	**Kinclaith**
BRENNEREI	Kinclaith
	Moffat Street, GLASGOW
EIGENTÜMER	Zuletzt mit Brennlizenz für Long John Distillers.
STATUS	1975 abgerissen
GRÜNDUNG	1957-8

VERKOSTUNGSPROBE	18 Jahre, 46 Vol%
DUFT	Leicht und rauchig bei einem Anflug von Schärfe.
GESCHMACK	Voller Körper, sanft mit angenehmem Abgang
ANMERKUNGEN	Wird nicht mehr hergestellt; nur stark begrenzte Vorräte. (s.S. 155.)

MALT	**Millburn**
BRENNEREI	Millburn INVERNESS, Inverness-shire
STATUS	1985 geschlossen; 1988 abgerissen.
GRÜNDUNG	ca. 1807

VERKOSTUNGSPROBE	13 Jahre, 46 Vol%
DUFT	Kräftiges Aroma mit einer leichten Süße.
GESCHMACK	Voller Körper, dabei etwas fruchtig, mit langanhaltendem Abgang.
ANMERKUNGEN	Leider wurde hiermit die letzte Brennerei in Inverness stillgelegt; noch im Handel erhältlich. (s.S. 155.)

MALT	**North Port**
BRENNEREI	North Port ✉ BRECHIN, Angus
EIGENTÜMER	United Distillers
STATUS	1983 geschlossen; nicht mehr vorhanden.
GRÜNDUNG	ca. 1820
WASSER	Loch Lee

VERKOSTUNGSPROBE	1970, 40 Vol%
DUFT	Ausgeprägtes, scharfes Aroma mit einem Hauch von Essig.
GESCHMACK	Auf eine anfängliche Süße folgt ein rascher Umschlag zu einem scharfen Beigeschmack.
ANMERKUNGEN	Aperitif – vorzugsweise mit Wasser. (s.S. 155.)

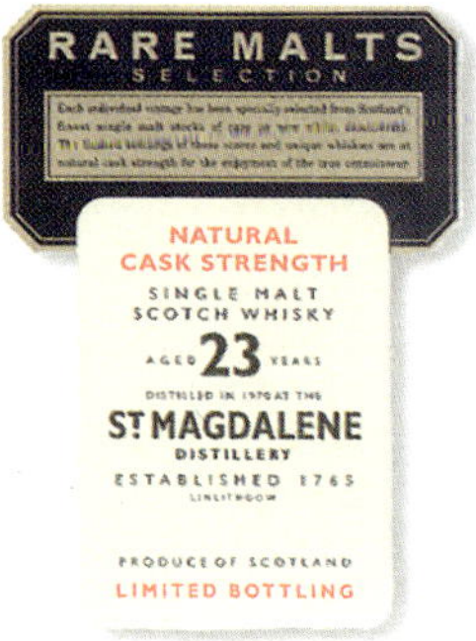

SORTE	**St Magdalene**
BRENNEREI	St Magdalene
	✉ LINLITHGOW, West Lothian
EIGENTÜMER	United Distillers
STATUS	1983 geschlossen; umgebaut zu Wohnungen.
GRÜNDUNG	ca. 1798
WASSER	Loch Lomond

ALTER BEI ABFÜLLUNG	23 Jahre
ALKOHOLGEHALT	58,1 Vol%

VERKOSTUNGSPROBE	
DUFT	Frisch, leicht. Süße mit einem Hauch von Eiche. Rauchig und trocken – eine Mischung aus ansprechender Aromen.
GESCHMACK	Zuerst süß, danach entwickelt sich eine weiche, wohl ausbalanzierte Trockne mit rauchigem Aroma; langsamer, aber ausgereifter Abgang.
ANMERKUNGEN	Ein Spritzer Wasser ist notwendig. Ein ausgezeichneter Tropfen.

STILLGELEGTE BRENNEREIEN

MALT	**Benromach**
BRENNEREI	Benromach FORRES, Morayshire IV36 0EB 0044-1343-545111 0044-1343-540155
EIGENTÜMER	Gordon & Macphail Ltd
STATUS	1983 geschlossen, wird aber z.Zt. durch den Besitzer wieder neu ausgerüstet.
GRÜNDUNG	1898
WASSER	Chapelton Springs

VERKOSTUNGSPROBE	1970, 40 Vol%
DUFT	Leicht, fein, ansprechend..
GESCHMACK	Leicht, fein, aber mit einem ausgeprägten, nachhaltig spritigen Abgang.
ANMERKUNGEN	Digestif aus einer jetzt Gordon & MacPhail gehörenden Brennerei. (s.S. 154.)

SORTE	**Brora**
BRENNEREI	Brora
	BRORA, Sutherland
EIGENTÜMER	United Distillers
STATUS	1983 geschlossen; wird nicht wieder in Betrieb gehen.
GRÜNDUNG	1819

ALTER BEI ABFÜLLUNG	22 Jahre
ALKOHOLGEHALT	61,1 Vol%

VERKOSTUNGSPROBE	
DUFT	Volles, fesselndes Aroma, torfig und reich an feiner Süße.
GESCHMACK	Kraftvoll, weich mit einer Fülle von nußartigem, rauchigem Aroma, das in eine bemerkenswerte Süße übergeht.
ANMERKUNGEN	Digestif von hervorragender Qualität. Nicht den Spritzer Wasser vergessen. Momentan außerhalb von Islay wohl der Whisky mit dem kräftigsten Aroma. Erhältlich als *Rare Malts Selection* von United Distillers.

MALT	**Coleburn**
BRENNEREI	Coleburn ✉ Longmorn, ELGIN Morayshire
EIGENTÜMER	United Distillers
STATUS	1985 geschlossen; wird nicht wieder in Betrieb gehen.
GRÜNDUNG	1897
WASSER	Quellen im Glen of Rothes

VERKOSTUNGSPROBE	1972, 40 Vol%
DUFT	Leicht und blumig..
GESCHMACK	Leicht und angenehm, mit einem gut abgerundeten, nachhaltigen Abgang.
ANMERKUNGEN	1930 durch Distillers Company Ltd übernommen; typische kleine Anlage im Stil der Victorianischen Zeit. (s.S. 154.)

MALT	**Convalmore**
BRENNEREI	Convalmore
	✉ Dufftown, KEITH, Banffshire
EIGENTÜMER	Wm Grant & Sons Ltd
STATUS	1985 geschlossen; wird nicht wieder in Btrieb gehen.
GRÜNDUNG	1894
WASSER	Quellen in den Conval Hills

VERKOSTUNGSPROBE	1969, 40 Vol%
DUFT	Leicht, aromatisch – Heidearoma.
GESCHMACK	Im Geschmack ausdrucksvoller als vorab das Bukett erwarten läßt; angenehm abgerundet mit einer Fülle, die nur langsam verfliegt.
ANMERKUNGEN	Digestif aus einer alten Brennerei. (s.S. 154.)

MALT	**Glenesk**
BRENNEREI	Glenesk
	✉ Hillside, MONTROSE, Angus
EIGENTÜMER	United Distillers
STATUS	1985 geschlossen; wird nicht wieder in Betrieb gehen.
GRÜNDUNG	1897
WASSER	River North Esk

ALTER BEI ABFÜLLUNG	12 Jahre
ALKOHOLGEHALT	40 Vol%

VERKOSTUNGSPROBE	
DUFT	Leichter, feiner Hauch von Süße.
GESCHMACK	Recht voll und süß mit anhaltendem Abgang; gut ausbalanziert.
ANMERKUNGEN	Schwer erhältlicher Digestif; die Brennerei führte früher auch die Namen North Esk und Hillside.

MALT	**Glenlochy**
BRENNEREI	Glenlochy FORT WILLIAM, Inverness-shire
EIGENTÜMER	United Distillers
STATUS	1983 geschlossen; wird nicht wieder in Betrieb gehen.
GRÜNDUNG	1898
WASSER	River Nevis

VERKOSTUNGSPROBE	1974, 46 Vol%
DUFT	Leicht und aromatisch.
GESCHMACK	Leichtes, würziges Aroma, das leider schnell verfliegt.
ANMERKUNGEN	Aperitif, der leider nicht mehr gebrannt wird. (s.S. 154.)

SORTE	**Lochside**
DISTILLERY	Lochside
	Brechin Road, MONTROSE
	Angus DD10 9AD
	0044-1674-672737
OWNING COMPANY	Allied Domecq
PRODUCTION STATUS	Closed 1991
ESTABLISHED	1957
SOURCE	Borehole aquifer
MANAGER	Charles Sharpe
	W 2 S 2
ALTER BEI ABFÜLLUNG	10 Jahre
ALKOHOLGEHALT	40 Vol%

TASTING NOTES	
DUFT	Leicht, aromatisch mit angenehmer Suße bei einem ansprechenden Anflug von Trockenheit.
GESCHMACK	Anfangs Suß, mittel-trocken; anregend mit einem angenehmen, anhaltenden Abgang.
ANMERKUNGEN	Nur bei Unabhängigen Abfüllern zu rehalten, ist einen Kauf Wert und sollte zum Sammlerobjekt werden..

MALT	**Port Ellen**
BRENNEREI	Port Ellen PORT ELLEN, Islay, Argyll PA42 7AJ
EIGENTÜMER	United Distillers
STATUS	1983 geschlossen; wird nicht wieder in Betrieb gehen.
GRÜNDUNG	1825
WASSER	Leorin Lochs

VERKOSTUNGSPROBE	1979, 40 Vol%
DUFT	Spur von Torf mit einem feinen, süßen Bukett.
GESCHMACK	Recht kräftig und abgerundet mit einem Hauch an Rauch bei weichem Abgang.
ANMERKUNGEN	Guter, aber unterschätzter Tropfen. Um 1840 wurde der Export von Whisky nach Amerika in Port Ellen aufgenommen. Der Bedarf an Malz für die Insel wird hauptsächlich durch die an Port Ellen angeschlossene Großmälzerei abgedeckt. (s.S.155.)

Unabhängige Abfüller

Viele der Malts in diesem Buch sind bei den zwei wichtigsten schottischen Unabhängigen Abfüllern zu erhalten. Das Angebot ist wechselnd und abhängig davon, was abgefüllt wird. Wer eine bestimmte Abfüllung sucht, sollte das aktuelle Angebot telephonisch abfragen.

Gordon & MacPhail Ltd (G&M)

George House
Boroughbriggs Road
ELGIN, Morayshire IV30 1JY
Tel: 0044-1343-545111. Fax: 0044-1343-540155

Gordon & MacPhail geben auf dem Etikett nur das Jahr des Brennens und nicht das Alter bei Abfüllung an. Der übliche Alkoholgehalt ist 40 Vol%.

Cadenheads Whisky Shop (Wm Cad)

172 Canongate
EDINBURGH EH8 8BN
Tel: 0044-131-556-5864.
Fax: 0044-131-556-2527 (Einzelhandel)
Tel: 0044-1586-554258 (Großhandel)

William Cadenhead füllt Malts mit Faßstärke und ohne Filtration ab. Das Alter ist vom abgefüllten Faß abhängig. Es besteht ein umfangreicher Vorrat an Stan-dardabfüllungen; die Alkoholstärke beträgt meist 46 Vol%.

	G&M	**Wm Cad**
Aberfeldy	1975/77	
Ardbeg	1963/74	1975, 19 Jahre
Ardmore	1981	1977, 17 Jahre
Balblair	10 Jahre, 1964	
Balmenach	1973/74	1981, 13 Jahre
Balvenie		1973, 21 Jahre

	G&M	Wm Cad
Banff	1974	1976, 17 Jahre
Ben Nevis		1977, 17 Jahre
Benriach	1980/81/82	1978, 17 Jahre
Benrinnes	1969/70	
Benromach	1971/72	1976, 18 Jahre
Bladnoch	1984/85	
Bowmore		1983, 12 Jahre
Brora	1972	1982, 13 Jahre
Bruichladdich	1964	1976, 18 y.o
Caol Ila	1980/81	1974, 20 Jahre
Caperdonich	1968/80/82	1977, 16 Jahre
Clynelish	12 Jahre	1982, 12 Jahre
Coleburn	1972	
Convalmore	1969	1977, 17 Jahre
Cragganmore	1976/77/78	1982, 12 Jahre
Craigellachie	1974/77	
Dailuaine	1971/74	
Dallas Dhu	12 Jahre, 1971	
Dalwhinnie	1970	
Deanston		1977, 17 Jahre
Dufftown		1966, 28 Jahre
Edradour		1976, 18&19 Jahre
Glen Albyn	1972/73	1964, 30 Jahre
Glenburgie	8 Jahre, 1960/66/68/67/84	
Glencadam	1974	
Glencraig	1970	
Glen Elgin	1968	
Glenesk	1982	1982, 13 Jahre
Glenfarclas		1966, 28 Jahre; 1980, 14 Jahre
Glenfiddich		1973, 21 Jahre
Glen Garioch		
Glenglassaugh	1983	
Glen Grant	21,25 Jahre, 1936/48/49 50/51/52/54/59/60/63/65	1980, 14 Jahre
Glen Keith	1965/67	
Glenlivet	15,21 Jahre, 1943/46/48 49/50/51/63/78	1980, 14 Jahre
Glenlochy	1977	1977, 17 Jahre
Glenlossie	1974/75	1978, 17 Jahre
Glen Mhor	8 Jahre, 1963/65	1976, 18 Jahre
Glen Moray		1962, 32 Jahre
Glenrothes	8 Jahre, 1956/57	
Glen Scotia		1977, 17 Jahre

	G&M	Wm Cad
Glen Spey		1981, 13 Jahre
Glentauchers	1979	
Glenturret		1969, 25 Jahre
Glenugie	1966/67	
Highland Park	8 Jahre, 1982	1977, 17 Jahre; 1979, 15 Jahre
Imperial	1979	1979, 15 Jahre
Inchmurrin		1985, 9 Jahre
Inverleven	1979/84	
Jura		1984, 10 Jahre
Kinclaith	1967/68	
Ledaig		1972, 22 y.o; 1973, 21 Jahre
Linkwood	15,21 Jahre, 1939/46/54/61/68	1979, 15 Jahre
Lochside	1966	
Longmorn	12 Jahre, 1956/63/64/69	
Macallan		1974, 20 Jahre
Macduff	1975	1978, 16 Jahre
Mannochmore	1984	
Millburn	1971/72	1983, 11 Jahre
Milton Duff		1964, 30 Jahre
Mortlach	15,21 Jahre, 1936/60/66	1987, 8 Jahre
Mosstowie	1975/79	
North Port	1974	1976, 17 Jahre
Old Elgin	8, 15 Jahre, 1938/39/40/47	
Old Pulteney	8, 15 Jahre, 1961	
Pittyvaich		1977, 16 Jahre
Port Ellen	1978/79/80	
	1981, 13 Jahre; 1983, 12 Jahre	
Rhosdhu		1985, 9 Jahre
Rosebank	1983	
Royal Brackla		1972/74
Scapa	1984	
Speyburn	1971	1975, 19 Jahre
Springbank		1978, 16 Jahre; 1985, 9 Jahre
St Magdalene	1966	1964, 30 Jahre; 1982, 11&12 Jahre
Strathisla	21 Jahre, 1948/49/54/55/58	
	60/63/67/72/80	
Talisker	1954/55	1979, 15 Jahre; 1979, 14 Jahre
Tamdhu	8 Jahre, 1957	1981, 13 Jahre
Tamnavulin		1973, 21 Jahre
Teaninich	1975/76/82	1983, 11 Jahre
Tomatin	1964/68	1976, 18 Jahre

The Keepers of the Quaich

THE KEEPERS OF THE QUAICH ist eine exklusive Gesellschaft, gegründet von der Whisky-Industrie, um diejenigen aus aller Welt ehren zu können, die sich für das Ansehen und den Erfolg des Scotch Whisky eingesetzt haben.

Ein weiteres Ziel ist die internationale Verbesserung der Wertschätzung und des Ansehens von schottischem Whisky sowie weiterhin das Interesse an den weniger bekannten Aspekten und Eigenschaften der 'geistigen' Getränke Schottlands zu wecken.

Die Gesellschaft hat Mitglieder aus 55 Nationen, unter ihnen Führungskräfte der schottischen Whisky-Industrie und bekannte Kenner und Liebhaber des Scotch Whisky. Alle haben sie eines gemeinsam - die Liebe zu Schottland und schottischem Whisky. Unter der Schirmherrschaft Ihrer Hoheit, des Herzogs von Atholl, finden regelmäßig Festessen in Blair Castle in Perthshire statt, um neue Mitglieder aufzunehmen sowie als Werbeveranstaltung nicht nur für Scotch, sondern auch für Schottland.Das Siegel der Gesellschaft - gestiftet von Lord Lyon - ist sehr treffend, denn die Inschrift lautet UISGEBEATHA GU BRATH (Wasser des Lebens - für immer).

GRÜNDUNGSMITGLIEDER

United Distillers

33 Ellersly Road
EDINBURGH EH12 6JW

United Distillers, das Spirituosenunternehmen von Guinness plc, ist der Haupt-produzent von hochwertigen Spirituosen in Großbritannien mit einer Produktpa-lette von über 100 Sorten an Scotch Whisky, Bourbon, Wodka und Gin. Die Umsätze in Großbritannien liegen im Verantwortungsbereich der United Distillers (UK) in Perth.

Allied Distillers Ltd

2 Glasgow Road
DUMBARTON G82 1ND

Diese im Januar 1988 durch Vereinigung von George Ballantine &

Son, William Teacher & Sons, Stewart & Son of Dundee sowie Long John International gegründete Gesellschaft vertritt die Interessen von Allied-Domecq plc und betreibt 12 Malt- und 2 große Kornbrennereien. Der Hauptsitz ist weiter in Dumbarton und so wird denn auch die 1938 von Hiram Walker begonnene Zusammenarbeit mit der Stadt weiter gepflegt.

Justerini & Brooks Ltd

151 Marylebone Road
LONDON NW1 5QE

Diese Gesellschaft wurde 1749 von Giacomo Justerini, einem italienischen Likör-fabrikanten, gegründet, der einer Opernsängerin nach London nachreiste. Seine Werbung um die Sängerin war erfolglos, doch er blieb und gründete mit George Johnson einen Weinhandel. Um 1760 erhielt das Unternehmen die erste von insgesamt acht königlichen Belobigungen ausgesprochen; 1840 kaufte Alfred Brooks die Gesellschaft auf. Ein Jahrhundert später stellte die Hausmarke 'J&B Rare' den Hauptanteil an den Exporten des Unternehmens in die USA. Nach der Fusionierung mit Twiss Browniings and Hallowers zur United Wine Traders kaufte die Gesellschaft 1962 Gilbeys hinzu. So entstand die International Distillers and Vintners, heute das Getränkeunternehmen von Grand Metropolitan.

The Highland Distilleries Co plc

& Robertson & Baxter Ltd
106 West Nile Street
GLASGOW G1 2QY

Highland Distillers Company entstand im Juli 1887 nach der Sicherung des Eigentums an den Brennereien Bunnahabhain und Glenrothes als Hersteller von hochwertigem Malt Whisky für die Produktion von Blended Whisky. Nach der Übernahme von Glenglassaugh (1892) und Tamdhu (1898) erweiterte das Unternehmen seine Interessensbereiche und knüpfte später eine feste Verbindung mit dem Whiskygroßhändler Robertson & Baxter Ltd. Der Maltbereich wurde 1937 durch die Übernahme von Highland Park auf Orkney und 1970 das Interesse an Blended Whisky durch den Ankauf von Matthew Gloag & Son Ltd, dem in Perth ansässigen Hersteller von The Famous Grouse, abgedeckt.

The Chivas & Glenlivet Division

The Seagram Company Ltd
111 Renfrew Road
PAISLEY PA3 4DY

1801 ließ sich William Edward als Wein- und Spirituosenhändler in

Aberdeen nieder. Später trat James Chivas dem Unternehmen bei. Sie brachten um 1890 Chivas Regal auf den Markt und festigten damit ihr Ansehen in Fachkreisen. 1949 gingen Chivas Bros mit Seagram's of Canada zusammen, um den Einstieg in die Whiskyproduktion zu finden und gleichzeitig ihre Handelsposition zu festigen. 1950 erwarben sie Strathisla und erbauten 1957 Glen Keith. Um 1970 wurden zwei weitere Brennereien in Auftrag gegeben: Braes of Glenlivet und Allt a' Bhainne. 1978 stieß Glenlivet Distillers mit vier weiteren Betrieben hinzu: Glen-livet, Longmorn, Benriach und Caperdonich.

Die Gesellschaft ist heute für Geschäftsentwicklung, Produktion und die globale strategische Planung für alle Sorten an Scotch Whisky von Seagram zuständig.

MITGLIEDER

Berry Bros & Rudd Ltd
3 St James's Street
LONDON SW1A 1EG

Burn Stewart Distillers PLC
65 Kelburn Street
GLASGOW G78 1LD

Campbell Distillers Ltd
West Byrehill
KILWINNING KA13 6LE

The Drambuie Liqueur Company Ltd
Stirling Road
KIRKLISTON
West Lothian EH29 9EE

J&G Grant
Glenfarclas Distillery
Marypark
BALLINDALLOCH
Banffshire AB3 9BD

William Grant & Sons Ltd
Independence House
84 Lower Mortlake Road
RICHMOND
Surrey TW9 2HS

Inver House Distillers Ltd
Towers Road
AIRDRIE ML6 8PL

William Lawson Distillers Ltd
288 Main Street
COATBRIDGE ML5 3RH

Macallan-Glenlivet PLC
CRAIGELLACHIE
Banffshire AB3 9RX

Macdonald Martin Distilleries plc
186 Commercial Street
Leith
EDINBURGH EH6 6NN

Morrison Bowmore Distillers Ltd
Springburn Bond
Carlisle Street
GLASGOW G21 1EQ

The North British Distillery Co Ltd
Wheatfield Road
EDINBURGH
EH11 2PX

The Tomatin Distillery Co Ltd
TOMATIN IV13 7YT

The Whyte & Mackay Group PLC
Dalmore House
310 St Vincent Street
GLASGOW G2 5RG

Index